雪《ゆき》烏《がらす》の伝説

宮川千里
MIYAKAWA Chisato

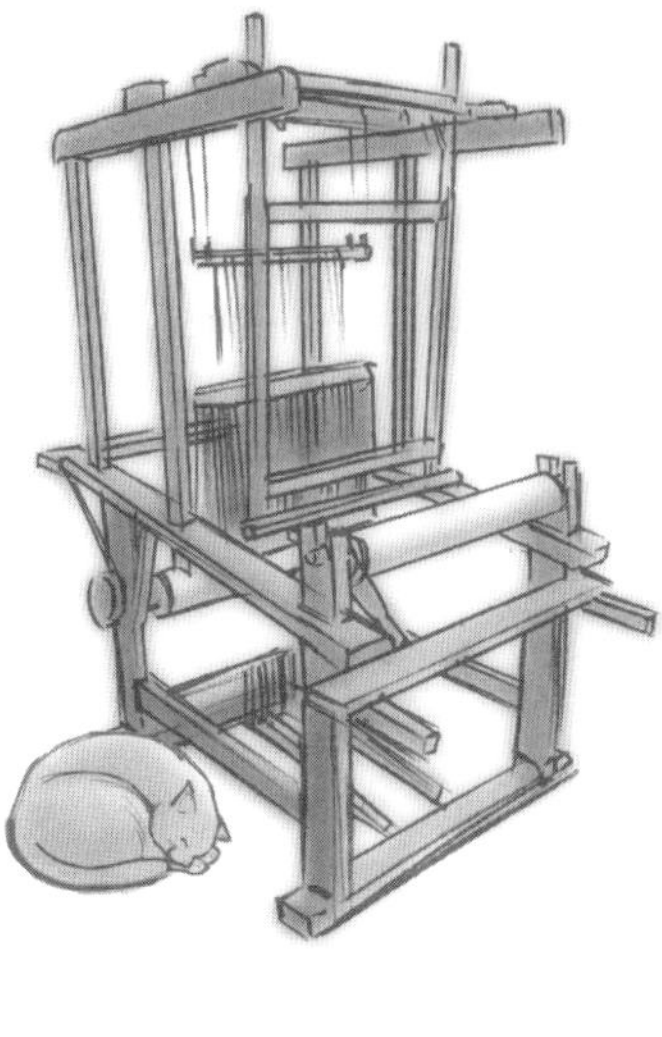

文芸社

目次

本書はフィクションであり、登場人物は実在しません。

のぞみ最終列車

〈母〉

ポカポカと柔らかな日差しが心の中まで温めてくれる飛び切りの春の昼下がり。でも窓一つないこの白い部屋は、そんな季節の優しさを完璧なまでに閉め出している。細い金縁眼鏡の無表情な医者は、コンピュータからろくに振り向きもしない。

「では高橋さん、最後に野菜の名前をできるだけ沢山言ってみてください」

最初に「今、お幾つですか？」と年を聞かれたのは覚えている。その後はもう忘れてしまったけれど、小さな子どもにでもするような質問をされたり計算をさせられて、そして「今見せた五つの品物は何でしたか」と品物を隠して聞かれたばかりだ。なんだか馬鹿にされているようで、それでいて緊張して答えられないものだから、私はすっかり疲れて嫌になってしまった。こういうのを何というのだったか、ピッタリした言い方があったのに……。私の頭が逃げて行く言葉を追いかけ、白い壁に答えを求めて彷徨っていると、

「何か野菜の名前、一つでもいいから思い出せませんか？」

野菜炒めだって作ったことのないような医者の偉ぶった言い方にカッとなった。

「先生は何でそんなに野菜の名前を知りたいんですか?」

「初めに説明しましたが、これは簡単な記憶力のテストなんですよ。何か野菜……」

「野菜、野菜って、もうこんなこと結構です。私、失礼して帰らせていただきます」

「ママ! ちょっと、待って!」

斜め後ろにいた真紀が慌てて引き留めようとした。一体どうしてこの娘《こ》はこんな所に私を連れて来たのだろう。真紀に一緒に帰ろうと言いかけた時、小柄なかわいい看護師さんにすっと手を取られて部屋から連れ出された。

「高橋さん、もう疲れちゃいましたよね。ここの椅子で少し休んでから帰りましょうね」

腰を下ろした待合室のくすんだ緑色の椅子も私と同じようにくたびれていた。思わずため息をついて椅子の背にもたれると、じきに難しい顔をして真紀が診察室から出てきた。何か困ることでもあったのだろうか。真紀は看護師さんに「ありがとうございました」と頭を下げ、それから怒ったように私を睨んだので「どうしたの?」とも聞けないまま、なんだか居心地の悪い雰囲気でエレベーターに乗った。でも、真紀が会計や沢山の細々した手続きを済ませるのを待って病院の建物を出ると、うれしいことにまだももも色の春の光が残っていた。来た時には気づかなかったけれど、敷地内に申し訳程度に植えられたひょろひょろした桜の木にも、ちらほら花が開き始めている。駅へ向かう緩やかな下り坂をむっつりと黙ったまま歩く真紀の横で、私は知らず知らず歌を口ずさんでいた。

「ニンジン、ダイコン、カブラ、ニンジン、ダイコン、カブラ、みんなで蒔きます、種をば蒔いて……」

「ママ、なに歌ってるの？」

「何となく出てきたの。子どもの頃習った歌。こんな春らしい陽気だもの」

「それに野菜の名前だしね」

真紀はそう言うと何がおかしいのかプッと吹き出した。

「ママったら何でさっきはお医者様にあんな態度とって帰ろうとしたの？　失礼じゃない。私、すごく恥ずかしかったわ」

「ごめんね。とっても疲れちゃったのよ。それにあのお医者さんだって失礼だったと思わない？　コンピュータばっかり見てて、人の顔もちゃんと見ようとしないんだから」
「今はどこでもそうみたいよ。それより来週ＭＲＩとかいろんな検査、予約してあるからちゃんと受けてね。必ず誰かが一緒に行くようにするから」
　私は年をとって疲れやすくなっただけで、別にどこも悪いところはない。本当は検査なんか受けたくなかったけれど、せっかく真紀が言ってくれることだから黙っていた。真紀は頭の良い子で、小さい頃から何でも自分で決めて計画的にテキパキ進める。でも、もう少し気持ちに余裕があった方が本人にとって楽だろうにと思う。

〈真紀〉

　母を送った帰り、一人で歩いていてもあの陽気な歌が頭の中で勝手に繰り返し流れていた。その調子の良さにつられて初めのうちは妙に浮き立っていた気分が、春の長い夕暮れの中でいつしか泣きたいような寂しさに変わっていった。遊びに夢中になっているうちにすっかり日が暮れて、気づくと友達はみんな帰ってしまっていた——そんな心細さだった。

六年前に父が肺癌で亡くなってからは、母は弟の慎一と二人で暮らしている。母は長い間、駅向かいのビルの二階で小さな美容室を一人で切り盛りしていたが、馴染みだった高齢のお客が来られなくなったのを機に、五十六の時に店を閉めた。最後の一年間は、その人のためだけに店を続けていたようなものだった。ひいき目ではなく腕は良かったのだが、お世辞が言えず誰にでも思った通りの事をズケズケ言うから、新規の若いお客がなかなかつかなかったのだと思う。

慎一は二歳の時に罹った髄膜炎が原因で軽い知的障害があり、三十をとうに過ぎた今も独身でビルの清掃の仕事をしている。でも、とても素直で優しい性格だから、仕事が多少遅くても職場では皆に可愛がられているらしい。

私は母の家からバスで二駅のマンションで、設計士の夫と二人の娘との四人暮らし。結婚前から勤めていた広告代理店で今も正社員として仕事を続けているので、母に経済的な援助はできていたが多忙で時間が取れず、会いに行くのはせいぜい二、三カ月に一度くらいだった。だから半年前、母の六十五の誕生日に夫と二人で花とケーキを持ってお祝いに行き、久しぶりに居間でゆっくり話していた時、きれい好きなはずの母の家の中が乱雑に散らかって、部屋の隅に綿埃がたまっているのを見てびっくりした。母はどこか上の空で、同じ話を何度も繰り返した。

「ママ、どこか具合悪いの？」

「いいえ、そんなことないわよ。どうして？」

「だって前みたいに部屋そうじしてないし、あんまり話聞いてないみたいだから」

「せっかく来てくれたのにごめんね。話はちゃんと聞いてるわよ。どこも悪くないんだけど、年なのかしらね。この頃はなんだかすぐ疲れちゃって何をするのも億劫なの」

一緒に行った夫も気になったようだった。

「お義母さん、うつ病か何かじゃないのかな。もう少し様子を見て、良くならないようだったら大きな病院でちゃんと診てもらった方がいいと思うよ」

それ以後は、何とか時間を捻出してなるべく頻回に母の様子を見に行くようにした。

母は四、五日前に私が話したことを覚えていないことが多く、服装もどこかだらしなく見えた。慎一は私が母の落ち度を監視しに来ているように感じたらしく、いつも「ママは大丈夫なんだよ」とかばう様に言った。部屋も、慎一がそうじをするのか小奇麗になっていた。

しかし、半年ほど経った凍えるように冷たい二月の夜、仕事帰りに立ち寄ると慎一が泣きそうな顔で私を待っていた。

「僕が帰った時ママがいなくてね、駅の方に探しに行ったら銀行のカードの暗証番号を忘れちゃったって、寒いのにずーっと外で考えてたみたいなんだ」

すっかり冷え込んでしまった母が布団の中にいる間に、ふだん私が入るのを嫌がるキッチンへ行き冷蔵庫を開けてみると、賞味期限を一年近く過ぎたマヨネーズのチューブが二本とすっかり干からびて茶色くなった大根が半分、そしてなぜか貯金通帳が一冊入っていた。どこを探しても何も食べられるようなものはなかった。慎一が毎日、朝晩のお弁当を買っていたのだ。この様子は、うつ病より、インターネットで見た認知症に似ている気がする。私は夫と相談して大きな病院の「もの忘れ外来」を予約し、気の進まない母を連れてやっと診察を受けられたのが、三月も半ばを過ぎた今日だった。「簡単な記憶力のテスト」を側で聞いていると、母の記憶力の衰えは思っていたよりずっと深刻だった。これから受けることになっているいくつもの検査の結果が出ないと分からないが、本当に認知症だったらどうしよう。私の心は不安で固まったようになっているのに、母は子どものように何の屈託もなく春を満喫していた。

〈慎一〉

お姉ちゃんはママが元気がないし六十五にしては何でも忘れ過ぎるって、すごく心配してる。そんなに心配しなくてもいいのにな、って僕は思う。ママはいろんなことを沢山忘れちゃったけど、僕は仕方ないって思ってる。半年くらい前までは毎晩僕の好きなおかずをいろいろ作って待っててくれたけど、いつの間にか料理もすっかり忘れたみたいだ。だけど、それは僕が仕事の帰りにスーパーに寄って二人分のお弁当を買ってくれば済むことだから、ちっとも困らない。「慎ちゃん、お帰り。お疲れさん」。ママはいつもちゃんと僕の帰りを待っていてくれる。僕はそれだけでいいんだ。ママは同じことを何度も言うようになったけど、それも僕は全然気にしてない。だって小さい頃、算数も国語もいくら教わってもできなかった僕に、ママはちっとも怒らないで何度も何度も同じことを言って教えてくれたんだから。パパは僕が簡単なこともできないと時々がっかりしてたけど、ママはそんな時必ず僕に言ってくれた。「慎ちゃん、おまえはそのままでいいのよ。ママの世界一大事な子なのよ」って。

だから僕も今、ママが何か忘れたり、できなかったりしても、そのまんまでいいよって思ってる。ママがニッコリしてくれれば僕はそれだけですごくうれしくなるんだ。お姉ちゃんはこの頃よく家に来てちょっと怖い顔でママのことを見てるけど、きっとお姉ちゃんは頭が良いから僕と違ってママが忘れたりできなかったりするのが気になり過ぎるんだと思ってた。でもこの間ママが僕の誕生日の数字の暗証番号を忘れて、あんなに寒いのにATMの近くで凍えて震えてるのを見た時、僕にもお姉ちゃんが心配する訳がちょっと分かった。忘れるのをそのまんまにしてるのは、ママのために良くないんだ。

「慎ちゃん、来週の水曜日は朝九時から検査だから、七時半にはママが家を出られるように注意してね。それと保険証は玄関に置いておいてね」
「うん、分かった。やっぱり検査した方がいいんだよね。病気じゃないといいな。お姉ちゃんも帰り道気をつけてね。あんまり考え事しながら歩いちゃだめだよ」
お姉ちゃんはちょっと笑って、手を振って帰っていった。

〈母〉

なんだかとても疲れてしまって、気分が沈む。何度も病院に行ったような気がするけれど、私には誰も何も教えてくれないから何をしに行ったのか分からない。まあ、どういうこともないのだろう。それより私が気になっているのはお金がなくなることだ。この頃は、月曜日に慎一から一週間分のお金を預かって必要な物を買うことになっているのに、よく三日目位にお金がすっかり消えている。そんなにすぐに使ってしまうはずはないから、私が居眠りしている間に隣の野口さんの奥さんがこっそり盗っていくのだ。以前は外で会うとニコニコして挨拶する人だったけれど、最近はお金に困っているのだ

ろうか。お金をあちこちに隠してみても、ますます上手に探して盗っていく。慎一に話しても、

「野口さんはそんなことするような悪い人じゃないよ。きっとどこかにあると思うよ」

首をかしげるばかりで頼りにならない。こういうことは真紀に相談した方が良いと思って話してみたら、真紀は怖い顔をして私ではなく慎一に言った。

「慎ちゃん、これからはお金、一日分ずつママに渡すようにしてね」

なんだか私が悪いような言い方で、情けなくて涙がこぼれそうになった。

でも真紀にそう言われるのも仕方ないのかもしれない。この頃はとにかくぼんやりしてもやがかかっているようで、頭が駄目になってしまった。以前は大好きだった相撲中継を見てもちっとも面白くないし、ドラマは途中で筋が分からなくなるから見る気になれない。だからテレビもつけなくなってしまった。風呂はどんなに忙しい日でもゆっくり浸かるのが何よりの楽しみだったのに、最近は億劫になってしまって入りたくない。何もする気になれず、朝から椅子の背にもたれてウトウトしていると、昔のことばかりが頭に浮かんでくる。いなかの家にあった町で一番立派なすだちの木、八月には採りき

れないほど沢山の緑色の実をつけた。母さんに連れていってもらった初めての映画館、「安寿と厨子王」がかわいそうで帰りのバスでも泣いていた。寒い帰り道に友達と買った湯気で包みの湿る熱々の鯛焼き、あれは専門学校の時だった。そんな、パズルのかけらのように脈絡なく現れる光景も、日が経つうちにだんだんと色褪せて古い写真のようなセピア色に変わって、そして消えていってしまう。そういえば夫のことはなぜだかちっとも思い出さない。親戚の人に紹介されて見合いして、若かったからとくに深く考えずに結婚して、一緒に暮らした人。悪い人ではなかったけれど、ただそれだけだったような気がする。目を閉じてぼんやりと座っていると、じきに慎一が帰ってくる。

「ママ、ただいま。今日は何してたの?」

「お帰り。まだ何もしてないのよ、ごめんね。それより慎ちゃん、今日は早かったのね。どこか具合悪いの?　大丈夫?」

「大丈夫だよ、いつもと一緒の時間だよ。ママはきっと寝てたんだね」

そうか、今日も一日がただ無駄に過ぎてしまったのだ。以前は一分一秒も惜しんで誰よりもせっせと用事をこなしていたのに。慎一が買ってきて温めてくれたお弁当を一緒に食べる。お茶を飲む。日が暮れて二人で過ごす静かで穏やかなひと時――私はきっと幸せなのだろう。でもこの頃、私の心には幸せとか楽しいというような感情がちっとも湧いてこない。たとえ感じてもそれはほんの束の間で、すぐに何ともいえず虚しい気分に覆われてしまう。春はきっともう終わってしまったのだろう。毎日憂うつな雨がしとしと降り続くから、外にも出かけたくない。

〈真紀〉

母は年齢的に少し早いがアルツハイマー型の認知症だと診断された。それも初期とはいえない段階で、近いうちに二十四時間見守る必要が出てくるだろうと。なぜ今まで放っておいたのかと言われたわけではないが、医師の口調にそれを感じたのは私の考え過ぎだろうか？　長い間母と慎一が平穏に暮らしているらしいのをいいことに、私は何も見ようとしなかった。忙しかったという言い訳は、誰よりも自分に通用しない。区役所に行って介護認定の申請をしたが、どれだけの支援を受けられるようになるのだろうか。

マンションのローンはまだ残っているし、これから子ども達にかかる学費を考えると、我が家の経済の一翼を担う私が仕事を辞めて母の介護をするわけにはいかない。

「今すぐ老人ホームに入ってもらうというのはお義母さんもかわいそうだし、経済的にそれができるか分からないよね。君が仕事を辞めるのは現実的に無理だから、どうだろう、慎一君に仕事の時間を短縮してもらってお義母さんの朝晩の介護をお願いできないだろうか。その分のお金はもちろんうちが出して。調べたら昼間はデイサービスというのがあるし、食事や入浴の支援もあるようだから、そういう制度を手配しよう。君は娘たちとも話し合って、どういうふうに慎一君の負担を減らすか考えてみたら？　もちろん僕でも役に立つことがあったら言ってほしいけど」

夫の意見は実際的なものだったが、私たち家族中心の考え方でもあった。

「慎一にそこまでさせて良いのかな？　それに慎ちゃんで大丈夫かな？」

「もちろん初めに慎一君に聞いてみないといけないだろうけどね。でも他にもっと良い方法があるだろうか？」

他の案は浮かばなかった。慎一が無理だと言ったら、その時にまた考えよう。

あんなにしっかり者で、はつらつと生きていた母の変わりようは、かわいそうで胸が痛くなる。二人で初めて病院へ行った帰り、妙に明るくはしゃぐように歌っていた母は、その三カ月後、決定的な診断が下された頃には、いつも鬱々として笑顔を見せることがなくなっていた。近所に買い物に連れ出したり、話し相手になって少しでも母の気持ちをひき立てようと思うのだが、いざ実際に顔を合わせてしばらく一緒にいると、そのぼんやりした表情やかみ合わない会話に、誰に向けたら良いか分からない怒りが湧いてきてイライラしてしまう。私には母のペースに合わせて優しく接することがどうしてもできない。

母は私が子どもの頃、母親としてすべき事は何でも一生懸命やってくれた。愛されていると感じてもいた。だが、母の心を第一に占めているのはいつどんな時でも慎一だと感じていた。慎一は病気の後遺症で学力は小学生レベルにとどまったままだし、手先も不器用で運動も不得手だったから母はなおさら慎一が不憫で、またいとおしくてならなかったのだろう。母との仲が悪かったわけではないが、私は母に甘えない「しっかりした子」になり、大学への進学や就職も父には多少相談したがほとんど自分一人で決めた。その頃の、意識しないようにしていた嫉妬や怒りのような感情が、この年齢になってまで自分の中に残っているとは思えない。それなのに、私は夫と子ども達との生活を第一に、仕事で得ている信頼と将来への道を第二に、そして最後に母にとってできるだけ良い環境を作るという順に考え、どうしても母のことを第一に考えることができなかった。

チクチクする自己嫌悪と今後への不安で暗くなる気持ちを少しでも明るくしようと、大きな青い花が一面に描かれた新しい傘をさして家を出た。

〈慎一〉

雨の日曜日に、紫陽花みたいにきれいな傘をさしてお姉ちゃんが来た。

「慎ちゃん、大事な話があるの。初めに言っておくけど、私の話を聞いて嫌だったら嫌、無理だと思ったら無理ってちゃんと言ってね」

「そうだね、僕には無理なことっていっぱいあるもんね」

「そういう意味じゃないの。この前、病院の先生にママは認知症という病気で、これから物忘れがもっとひどくなっていくだろうって言われたこと、話したでしょ？　ママを治せる薬はまだないんですって。だからママを一人にしておくと、小さい子と同じで危ないから、誰かが家にいてあげないといけないの。それでね、慎ちゃん、もしできたら今の仕事の時間を短くして、朝晩家でママのことをみてくれないかしら、っていう相談なの」

「ママのことをみるって、どうやるの？」

「ちゃんと朝起きて夜寝るように、それから食事を規則正しく食べるように、あと危ないことしないように注意したり、かな。私もまだよく分からないんだけど」

「うん、いいよ。僕がママのことみるよ」

「慎ちゃん、今すぐ返事しないでも、もうちょっとよく考えてから……」

「大丈夫。僕、仕事のことよりママのことみる方が大事だもん」

お姉ちゃんはその後もお金のこととか介護保険とかのよく分からない話をいろいろしてたけど、僕はもう聞いていなかった。ママのことを僕がみるっていうのは、とっても大事なことを任された感じですごくうれしくてワクワクした。

すぐ次の日に職場の上の人に、ママのことをみるから仕事の時間を短くしてくれませんかと相談したら、それはどうしても無理だと言われた。仕方ないから僕は辞めることに決めたけど、後の人が決まるまで八月いっぱいはいることになった。会社の人は僕のことを心配そうに見て、優しく言ってくれた。

「慎一君、大変なんだね。時間のこと、ごめんね。辞めてもまた働けるようになったらいつでもここに戻っておいでね」

一カ月くらいして区役所からちょっと冷たい感じの女の人が来て、ママにいろいろ質問したり、立ったり歩いたりするのを見ていった。お姉ちゃんが来てくれてたから良かったけど、僕はドキドキしてなんだかママがかわいそうな気がした。

夏の間、僕はママのことが心配だったから朝はギリギリに家を出て、仕事が終わると少しでも早く家に着くように走って帰った。夕方になってもまだすごく暑かったから、家に着くと頭からシャワーを浴びたように汗びっしょりになった。

「慎ちゃん、お帰り。どうしたの、そんなに汗かいて」

ママはそう言って出て来てくれる日もあったけど、たいていは椅子で寝ていて僕が帰ったのに気づかなかった。一度、暑いのに押し入れの中で布団をかぶって隠れていたことがあった。きっと一人でいるのが怖かったんだろう。週に一度、介護サービスの人がママをお風呂に入れに来てくれるようになった。お姉ちゃんは仕事に行く前に寄っておかずを冷蔵庫に入れたり、帰りに寄ってママの様子を見て行った。九月までは二人で頑張りましょうって言って、毎晩暗くなった道を帰っていった。

九月になった。僕は仕事を辞めて一日中家にいられるようになった。ママの食事は毎日届けてもらえるし、週に二度ママをお風呂に入れてくれる人も来るようになって、お姉ちゃんは毎日来て頑張っていろいろやらなくてもよくなった。僕が困るのは、ママが週に三回行くことになってるデイサービスという所になかなか行ってくれないことだ。朝、バスが迎えにくると「今日はとっても頭が痛いの」とか、「なんだか風邪ひいたみたい」って言い出して、しょっちゅう休んじゃうんだ。

「ママ、どうして行きたくないの？」

「あそこはね、お年寄りが集まってお昼を食べたり折り紙したりする所なの。私は家でいろいろやることがあるからって、断ってちょうだいな」

迎えに来た人は困ったように笑って首を横に振っていた。ママはきっと僕と一緒に家にいたいんだと思う。僕はそれでも良いと思うけど、ママには「適度な刺激」というものが必要だから、なるべくデイサービスに行かせるようにと役所の人に言われた。

僕は毎日洗濯と掃除をして、ママに危ないことがないかみてるけど、ママはほとんど一日中椅子に座ってウツラウツラしてる。話すこともあんまりないし、この頃は散歩も行きたがらない。前みたいにニッコリしてくれないのは淋しいけど、僕は寝ているママの側でマンガを見たり、絵を描いたり、一緒になって昼寝したりするのが好きだ。夜は一緒にごはんを食べて、薬を飲ませてあげて、ママが眠ると僕も寝た。それで一日が終わるんだ。

そのうち今日が何日なのか、何曜日なのか僕もよく分からなくなってきて、一週間や一カ月が知らないうちに過ぎていった。そして気がついたらぐるっと一回りして二度目の夏が終わっていた。でも昨日も今日も同じようで、ママは時々トイレがどこだか分からなくなったり、ご飯を食べながら寝ちゃったりするようになったけど、僕は気にしなかった。

〈母〉

目が醒めたのでベッドの横の窓をちょっと開けてみた。スーッと涼しい風が入ってきた。なんて気持ちが良いんだろう。そっと玄関を開けて外に出ると、薄暗いけれど静かでなんだか体がのびのびする。少し散歩しよう。確かこっちの方によく行く雑貨屋さんがあったはずだ。でも思っていたのとは違って、塀伝いに行くと小学校があった。誰もいない校庭に高さの違う鉄棒が三つある。その横を通って広い道に出ると、シャッターの下りた店が並んでいる。みんな閉まっているからもう少し行ってみよう。歩いているうちにふと顔を上げると、明るくなった道を若い人達が次々とこちらにやってくる。皆一人で黙ってうつむいて、手の中の小さなテレビのような物を見ながら歩いている。おかしな場所に来てしまったものだ。時々私のことをジロジロ見る人がいて怖いから、細い路地に入った。突き当たると曲がり、また曲がって歩いているうちに突然大きなバス通りに出た。目の前の信号が「こっちにおいで」と青になったので、渡ると目の前に土手が続いている。ちょうど良い、一休みしようと土手に上って枯れかけた草の上にほっと腰を下ろした。下の方を大きな川が流れている。その緩やかな流れをぼんやり眺めていると、いつの間にか私はうれしいような悲しいような、よく知っているような気がする所へ流され運ばれて行く。子どもの私の背丈より高い一面のススキの穂がサワサワ風に揺れる川原。たっぷりとした水が堂々と流れるここよりもっと大きな川。その向こうに続くなだらかな山並。目を閉じると今度は私の体の中にもゆったりとした、なんだか物足りないくらいゆったりとした川が流れていく。のんびりした気持ちが、急に怒り出したい気持ちになったり、私は死に向かって流れてゆくのだと妙に納得したりしているうちに、どうもすっかり眠り込んでしまったらしい。

「もしもし、大丈夫ですか?」

軽く肩を揺すられて目を開けると、まじめそうな若い警官が側に膝をついて心配そうに私の顔をのぞき込んでいた。

「大丈夫ですか？　どこか具合悪いんですか？　立てますか？」

まだ本当のような夢のような川の世界から脱け出せないまま、焦って大丈夫ですと立ち上がろうとした。足がもつれて転びそうになり、警官に支えられて近くの交番に連れていかれた。

「お名前は？」

「高橋です。私、何も悪いことなんかしてませんよ。ちょうど帰ろうと思ってたところなんです」

「高橋さん、何も悪いことをしていらっしゃらないのは分かってますから大丈夫ですよ。でもパジャマのまま朝からずっとあそこに座ってたみたいだから、近所の人が心配して知らせに来たんです。まあ、この椅子にかけてお茶でも一杯飲んで下さい」

近頃の警察は親切でずいぶんサービスが良い。熱いお茶がおいしかった。

「高橋さん、下のお名前は何というんですか？」

「美佐子です。高橋美佐子です」

「高橋さん、お宅の住所、教えてください」

どうしたのだろう、住所が出てこない。電話番号も出てこない。いくら考えても何も出てこない。でも来た道を歩いて行ったら帰れるだろう。子どもの頃は、よくそうやって帰ったのだから。

「大丈夫です。私、もう家に帰ります」

そう言って立ち上がろうとしたのに、若い警官と奥から出てきたもう一人の年上の警官は、「まあ、待って下さい」と二人でヒソヒソ相談したり、あちこちに電話したりして、帰してくれない。ずいぶん我慢して長い時間待っていたけれど、そろそろ帰ってもいいだろう。

「遅くなるので、私、帰ります」

「高橋さん、良かった。今ちょうど連絡がついてじきにお宅の人が迎えに来るから、ここでもうちょっとだけ休んでいましょう」

またお茶を一杯出されて、灰色の毛布を膝にかけてもらって座っていたら、真紀と慎一が二人揃って現れた。真紀は深刻な顔で警官に頭を下げて、長い間話したり紙に何か書いたりしていた。慎一はしょんぼり下を向いたまま私の手をしっかり握っていた。

〈真紀〉

仕事が大詰めで家に帰り着いたのは午前二時だった。シャワーを浴びてベッドに入り、やっとウトウトしたかと思った朝六時半、慎一から慌てた様子で母がいないと電話がかかってきた。急いで身支度をして夫に家の事を頼んで飛び出した。慎一と手分けして近所中を探し回ったが母はみつからない。通りや駅のあたりで母を見かけたという人もいない。警察に届けて昼まで待った。いったん会社へ行こうかと考え始めていたところに、荒川土手の近くの交番で母が保護されているという知らせが入った。認知症の本を読んだ時に、こういう「徘徊」が起こりうることや、そのまま行方不明になってしまう場合があると書かれていたのを思い出した。だが、まさか母にそれが起こるとは思っていなかった。

母ではなく私の方が少しずつ、でも確実に追いつめられていっている気がする。

仕事もおしてへとへとになって、それなのに神経が昂って今夜は眠れそうにない。

「やっぱり慎一では無理なのよね」

横になる気にもなれず窓辺に立ったまま、夫に相談するというより気づくとひとりでに言葉がこぼれ出ていた。

「今度のことは仕方なかったと思うよ。玄関と、あとお義母さんが出てしまう可能性のある場所に、お義母さんには開けられないような鍵をつければいいんじゃないのかい?」

夫の冷静な言い方に、なぜか無性に腹が立った。夫の両親は七十代だが、北海道で元気に自立して暮らしている。近所に夫の姉や兄もいるから、夫はきっと一生こういう悩みなんか知らずに自分の人生を生きられるだろう。それは私にとってもありがたいことのはずなのに不公平な気がして、自分でも理不尽だと思いながらやりきれない気持ちを夫にぶつけてしまった。

「私が言ってるのは今度のことだけじゃないのよ! 毎回見に行く度に母が衰えていってるのを感じさせられるの。慎一だってみるのが大変になってるはずなの。老人の介護って、あなたが考えてるような理屈で解決できることじゃないの。私は慎一の優しさっていうか人の良さにつけこんで、だんだん重くなっていく毎日の何もかもを全部押しつけて、自分は何してたんだろうって、いま思ってるの。大学なんか出たって、仕事で期待されたって、人間として本当に大事なところでは逃げちゃって何もしてなかったんだわ！」

慎一が仕事を辞めて介護に専念するようになってから、もう一年余りが過ぎた。その間に母を母たらしめていたものが次々と剥がれ落ちるように失われていった。それでも毎日一緒にいる慎一は、優しく見守り続けてくれていた。

夫は私の言葉に一瞬ムッとしたようだったが、黙って立ち上がると私の横に来て、窓の外に広がる賑やかな街の明かりを眺めた。

「疲れて感情的になってるよ。君は君の、慎一君は慎一君の、それぞれの役割を協力しながらやってきたんじゃないか。君には責任ある仕事や子ども達のことだってあるから本当に大変だと思うよ。その中で自分ができることを精一杯やってきたんだよ。でも慎一君じゃ無理だと思うなら、僕たち、経済的に少し無理してでもそろそろ良い有料老人ホームを探そうか。プロの介護を受けるという意味では、今のお義母さんの様子だとかえってその方が良いのかもしれないね」

世間には一人で親の介護を担い、消耗しながらすべてを失わざるを得ない人々がいる。

理解のある夫と献身的な弟がいて、有料老人ホームを選択肢として考えられる私は、非常に恵まれていると誰からも言われるのだろう。

「八つ当たりしてごめん。考えてみると、私は恵まれてるのよね」

「うーん、それは何を基準にするかによるよね」

「ただね、母を老人ホームに入れるのって、どうしても自分の都合で母を捨てるって気がしちゃうんだけど」

「捨てるって、何言ってるんだい。病人が入院する、認知症の人が老人ホームに入る――そのどこが捨てることになるんだ？　君の気持ちも分からないでもないけれど、もう少し冷静に考えないと、結局は誰のためにもならないよ」

そう。たとえ私が自分の生活を捨てて母の介護をしても、それで母が幸せになるとは思えない。それどころか、その過程のどこかで私は私の生活を奪った母を憎み、早く死んでほしいとさえ思うようになるかもしれない。そんな恐ろしいことはない。取るべき道は見えているようでも、母のことを第一にとは考えてこなかった私が、母の今後を選択するのは不条理だという気がしてならない。とにかくまず、母に十分に説明して気持ちを聞いてみよう。今の母がどこまで理解できるかは疑問だとしても。

「私、ちょっと一人で夜風に吹かれて、頭冷やしてくる」

夜になっても東京の空は暗くならない。この眠らない街の明るい空に星を見つけるのは難しい。中学に入った頃、星の観察に熱中して小さな望遠鏡を買ってもらい、慎一も一緒になって毎晩夜空に星を探していた時期があった。学校の勉強と違って、慎一は星のことなら何でも驚くほどすぐに覚えた。今、肉眼では一番大きく煙るような黄色に輝く木星とその斜め右上のアルタイル、そして反対方向にかすかにカシオペア座が見えるだけだ。それでもこうして遠い星の光を見ていると、広大な宇宙を感じることができる。宇宙の中の地球という小さな小さな星に奇跡のように一瞬生きて、消えていく私たち。そう考えると深刻に悩んでいる自分のことを笑えて、少し気持ちが軽くなってくる。慎一は一人でどうしているだろうと思い、星を見上げながら電話した。

「慎ちゃん、今ちょっと外に出られる？　星を見てごらん」

「うん。……あっ木星が見える！　わし座は分からないけど、あれはアルタイルだよね」

「カシオペア座は？」

「見える！　一緒に星を見るの久し振りだね。やっぱりいいなあ。楽しいなあ。お姉ちゃん、星のこといっぱい教えてくれたよね。でも、覚えてる？　僕が初めて望遠鏡見せてもらった時『よだかの星』はどれ？　って聞いたらお姉ちゃんが『慎ちゃんは本当に馬鹿なんだねえ』って言ってママに怒られたの」

「そんなこと覚えてるなんて、コラ！」

慎一の心から楽しそうな笑い声が私の気持ちを救ってくれた。

〈慎一〉

お姉ちゃんと電話で話しながら夜空を見ていたら、子どもの頃に戻った気がした。太陽系の惑星の中で僕は冥王星が一番好きだった。太陽から一番遠い所にいて、他の惑星たちとは違った軌道を回る小さな星。なんだか僕と似てるみたいで、空にいる友達だと思ってた。でも冥王星は太陽系の惑星じゃないなんて仲間外れにされてかわいそうなんだ。

今朝ママがみえなくなった時はびっくりして慌てたけど、僕だって何度も迷子になったんだからしょうがないと思ってた。でもママがそのままいなくなっちゃわないようにって、玄関や裏口に難しい鍵をつけることになった。僕がちゃんとみてなかったからいけなかったんだ。それからは、夜もママのベッドの横に布団を敷いて寝た。ずっと、ずっと一緒にいて、その後、秋は無事に過ぎた。

冬になったらママは全然デイサービスに行かなくなった。僕が「行った方が良いんだよ」と言うと、大声で泣いたり押し入れに隠れる。行かないで良いと分かると、いつもの椅子に座って一日中目を閉じて、時々大きないびきをかいている。自分のいびきで目が醒めると、僕に「学校に行かないの？」とか「仕事はどうしたの？」とか聞くけれど、僕が何て返事しようか考えている間にまた寝ちゃってる。

暗い冬が終わってやっとママの大好きな春がきたけど、「春だよ」って窓を開けても、ママは「ふうん」て、どうでもいいみたいに目をつぶってる。せっかくまた春がきたのに。

〈母〉

いつの間にか眠り込んでなんだか悲しいような夢を見て、目が醒めたと思ったらまた寝ている。食事が出てきて「ごはんだよ」と言われ、さっき食べたばかりなのに「食べなきゃだめだよ」と食べさせられたり、いくらお腹がすいたと言っても「今食べたばっかりだから後で」と言われて何も食べさせてもらえなかったりする。私は意地悪をされているのだろうか。それともずっと情けない夢の中にいるのだろうか。慎一が何か言うけれど、あの子の話し方は小さかった時と同じで、何を言っているのかよくわからない。真紀は私がお産で入院した時の怖い看護師さんみたいだ。もしかしたら、そうなのかもしれない。

ここは何となく安心できない。何かがちょっと違っている。看護師さんの真紀が、「ママはやっぱりずっとうちにいるのが良い?」というから「うん」と答える。「そうよね、やっぱりここが良いのよね」というから、「ここは嫌」と答える。

〈真紀〉

母の認知症は予期していたよりはるかに急速に悪くなっている。比較的若いうちに認知症になると進行が速いことが多い、と医師は言う。薬を次々試してもらっても、症状が急流のように進んでいくのは止められない。「認知症の人への接し方」というような本を次々と読み漁ったが、どの本にも本当に役に立つことは何も書かれていない。それでも私は私なりに頑張ってみる。

「ママ、私が中学生の頃、ママが髪をカットしてくれたでしょ？　すごく格好よかったから、クラスの子が大勢店に来たの、覚えてる？」

母が輝いていた頃のことを思い出しては話しかけてみても、母は興味がないのか、忘れてしまったのか、あいまいに首を振るだけだ。なんだか「真紀、もうそんなことはどうでもいいのよ」と言われているような気がする。

老人ホームのことは、何度母の気持ちを聞いてみても、その都度違った答えが返ってきて、しかもそれが答えなのかも不確かで分からない。誰が切ったのか母の白髪は不格好にカットされ、食事は規則正しく食べているというのに体が一回り小さくなり、母の存在の輪郭がはっきりしなくなっている。もし私がもっと一緒にいて、いろいろな刺激を与えていたら違っていたのだろうか？　いや、それでも母の状態は同じように悪化していただろうし、慎一のゆったりとした優しさの中にいたことは、母にとっては一番良い過ごし方だったのだと思う。母が私のことを自分の娘だとわかっていないと感じることがある。胸がキューッと絞り上げられる。

〈慎一〉

ママが時々おもらしをするようになったので、お姉ちゃんに言ったらおむつを使うことになって、僕はなんだか言いつけてママに悪いことをしたような気がする。でもママはあまり気にしていない。この頃は僕が何か言っても、目をつぶったままで黙ってることが多い。僕はママに何をしてあげればいいんだろう。桜の花がもう咲いたかなと思って、桜見に外に行こうよって言っても、「今日はめんどう」って座ってる。そうしてるうちに、僕も知らない間に春は過ぎちゃったみたいだ。

この頃ママはだんだん僕のママとは違ってきて、知らないおばあさんと一緒にいるような気がすることがある。この間、僕が服を着せるのがすごく下手だったら、「この馬鹿！」って言って僕の手をつねった。ママは絶対そんなことしなかったのに。一緒にごはんを食べてたら、いつの間にかママの抜け殻みたいな人が座って食べていて、気に入らない食物をペッと吐き出すから、僕はなんだか怖くて泣きそうになった。でもたまに元のママが戻ってきて、「慎ちゃん、ごめんね」って泣いたりするから、そうするとまた僕も一緒に泣きそうなる。ママもきっとママじゃなくなるのが怖いんだ。でも僕には何がなんだかわからなくて、そんなママを守ってあげられない。僕がちゃんとみるって言ったのに、できないんだ。お姉ちゃんにそう言ったら、

「ごめんね、慎ちゃん。ママには介護のプロの人がいる老人ホームで暮らしてもらうことにするから、あとちょっとだけ待ってね。私も必ず毎日来るから」

って約束してくれた。

老人ホームでは、プロの人がママをみてくれるから安心だし、僕はいつでもママに会

いに行けるんだそうだ。ママをちゃんとみてあげられるプロってすごい人なんだろうな。

〈母〉

私を包んでいる灰色の霧はどんどん濃くなって、昔のことも今のこともほとんど見えなくなってしまった。今がいつなのか、私がどこにいるのかも分からない。私と私でないものの境目がなくなって、誰も知らないうちにこのまま霧の中に消えてしまうだなんて、そんなのはものすごく怖い。この怖さは誰にも分かってもらえない。私は一人ぼっちなのだ。たまに霧が少し薄くなると、一瞬そこに慎一が見えることがある。慎一と、あと女の人が。でも、すぐにまたみんな霧のむこうに見えなくなってしまう——私一人が残されて。私にはもう何をする力も残っていない。母さんに会いたい。

〈真紀〉

慎一の「ママがママじゃなくなっていって、僕はちゃんとみてあげられない」という言葉を聞いた時、私は今、決断しなければならないと思った。振り返ってみると、どんなにもの忘れがひどくても、自分の身のまわりのことができなくなっても、母の中に残る記憶の断片やふとした時に見せる安堵や落胆が「母」を確かに存在させていた。しかし、母はすべての記憶とともに愛も優しさも怒りも、そして人としての苦悩さえ失い、「かつて母であった何か」に変容しつつある。そんな母の周りには、私と慎一を絶望の淵に吸い込むブラックホールのような負のエネルギーが立ち込めている。私はひたすら慎一と私を守るために、母を介護つき老人ホームに入居させる手続きを進めた。

〈慎一〉

カレンダーをめくって五月になった日の夕方、ママは古い茶色のハンドバッグを腕に提げて部屋から出てきた。まっすぐ玄関の前に行って、家に帰るって言い出した。

「ママ、ママの家はここだよ」

「違うの。私はうちに帰るの」

ママも僕も同じ言葉を何度も繰り返しているうちに、ママはだんだん興奮してきて僕の手を振り払った。玄関をガチャガチャやって、「帰るう！」って大声を出し始めた。僕が何を言ってもぜんぜんだめだ。もうどうしたらいいか分からなくなって、僕もすっかりパニックになってお姉ちゃんに電話した。


〈母〉

もうこんなに暗くなってしまった。ここは怖い。霧につかまらないうちに早くうちに帰らないと。誰？　この男の人は。帰りたいって言っているのに、何で私の邪魔をするんだろう。うちに帰るの！

〈真紀〉

ちょうど会社を出ようとしていた時に、慎一から切羽詰まった声で電話がかかってきた。母の家へ直行して裏から入っていくと、母は玄関ドアの前にしゃがみ込んで子どもの様に泣きじゃくっていた。途方に暮れていた慎一は私を見て心底ホッとしたようだ。

「どうしてもうちに帰るって、ちっちゃな子みたいにずーっと言ってるんだ」

泣きじゃくる子ども……うちに帰る……ちっちゃな子……。

「それって、もしかしたらママが育った徳島のいなかのうちのことなのかもしれない、よく町一番のすだちの木があるって言ってたでしょ」

「そうか！　お姉ちゃんやっぱり頭良いね。じゃあこれからママをそのうちに連れてってあげようよ」

〈慎一〉

「これから徳島？」

お姉ちゃんは一瞬あっけにとられたような顔をしたけれど、すぐ不思議な目で僕を見た。

「ＯＫ。慎ちゃんはやっぱりすごいね。今日は金曜日、今七時半」

それから、スマホを取り出してすごい速さで指を動かして顔を上げると、久しぶりに笑顔になって弾んだ声で言った。

「21時24分発の『のぞみ』の最終列車がとれた。ママのうちに帰ろう！」

ママの薬とおむつだけ手提げ袋に入れて僕たちは出発した。


〈母〉

玄関が開いた。「うちに帰ろう」という声が聞こえた。なんだか急にほっこりした気持ちになった。うちに帰ろう。来た時の道を帰ればいい、いつものように。

〈真紀〉

来週、母は介護付き老人ホームに入る。そうなると母の人生はまた一つ大きな角を曲がることになるだろう。無茶で無謀で無意味かもしれないが、母にもう一度故郷を見せてあげられるのは今しかないような気がする。今夜、新大阪まで行って、明日の朝徳島へ行く。新幹線と今夜のホテルを予約すると、ハンドバッグを提げた母を真ん中に、着替えも持たずに三人で東京駅へ向かった。

〈慎一〉

「のぞみ」っていい名前だ。今の僕たちにぴったりだ。荷物も持たずに最終列車で行くなんて、僕たちは映画に出てくる三人の逃亡者みたいでドキドキする。何から逃げてるんだろう？　それとも、そうじゃなくて何かをつかまえようと追いかけてるのかもしれない。どっちにしても僕たちを運ぶのは「のぞみ」なんだ。

〈のぞみ最終列車〉

21時24分、のぞみ265号は定刻通り、東京駅14番ホームを静かに滑り出た。

美佐子は夕方から興奮して泣いて疲れ切っていたのだろう、列車が走り出すのとほとんど同時にウツラウツラし始めた。深い眠りに落ちる直前、大きくて温かな毛布にすっぽり包まれたような安心感で口元が綻んだ。

真紀は母の生家の住所を確認し、明日の移動手段を調べ、夫と娘たちに詳しい事情と今後の予定を知らせるとホッと一息ついた。祖父母が亡くなってから、母は一度も実家に帰ることはなかった。母の育った家はきっともうないだろうし、向こうには親戚も残っていないと聞いている。それでもすだちの木さえ残っていてくれればいい。白い花はもう咲いているだろうか？　枝いっぱいのあの艶やかな緑の実がないと母にはそれと分からないのだろうか？　いや、なぜか何度も聞かされた「町一番の木」だけはちゃんと分かる気がしてならない。

慎一は、新横浜を過ぎると急速に暗くなっていく景色をうっとりと眺めていた。今、僕たち三人はのぞみでキラキラ光って、この夜空に魔法の星座を作ってるんだ。もしかしたら明日になったら、この星座は消えてなくなっちゃうかもしれない。それでもいい。だって今、ここにちゃんとあるんだからそれでいいんだ。

のぞみ最終列車は時速二百八十キロで西へ西へとひた走る。三人を乗せた車両は線路の継目を越えるたびに繰り返し、繰り返し、囁くように問いかける。

のぞみ—なに？　のぞみ—なに？　のぞみ—なに？　と。

ゆずり葉

その日、ママは昼過ぎに職場を早退して帰ってきた。九月半ばの蒸し暑い日だった。閉めたドアにもたれたまま、ゲームに熱中している私が顔を上げるのをしばらく待っていたみたいだった。

「由希、ちょっとそれやめて聞いてくれる？」

「何？」

せっかく自宅学習の日で、今日は一人で好きにしていられると思っていたのに。

「ママはね、新型コロナに罹っちゃったの」

「それってＰＣＲ陽性ってこと？」

「そう。由希もまず熱、測ってね。それからあなたのことをどうするか考えないと」

ゲームを置いてママの顔を見た。

世界中で新型コロナウイルスの感染拡大が起こって十カ月。まだ重症化率と死亡率は高かった。ママは高齢者の介護施設で働いていた。少し前にそこでクラスター騒ぎがあった時は大丈夫で、休んだ他の職員の分まで仕事をしていたから、きっと疲れ切っていたところに感染してしまったのだ。私は平熱だったけれどママの体温計の数字は四十度を超えていた。カロナールを飲んでアイスノンを首の下に当てると、いつものように微笑んで「少しだけ休ませてね」と横になった。ママは、何度も保健所に電話をかけたけれどつながらない。夕方になるにつれてだんだん息が速く、苦しそうになってきた。

「由希、窓をもっと大きく開けて」

「由希、マスクちゃんとしてる？」

同じことを何度も言う。水を持っていったら、

「私のそばに来ちゃだめ！」

顔を背けられた。いつものママと全然違って、私は不安でどうしたら良いのかわからなくなった。

「他人《ひと》の分まで働いたりするから感染すんだよ！　ママが悪いんだよ！」

思わずそんな言葉が口から飛び出してすぐ後悔したけれど、ママは何も言わずに目をつぶった。私が部屋の隅で膝を抱えてどうしよう、どうしようと何も考えつかないまま焦っているうちにママの呼吸はますます苦しそうになっていった。

「救急車、呼ぶ？」

声をかけたけれど返事がなく、私の声が聞こえていないようだった。パニックになった私は慌てて一一九番をダイヤルした。

やっとつながったと思ったら、「消防ですか？　救急ですか？」という応答に「え？　消防？」とますます頭の中が真っ白になり、それでも何とか状況を伝えて、永遠に待つのかと思い始めた時、救急車が到着した。防護服を着た救急隊の人達が、私からしどろもどろの説明を聞き、ママに呼びかけながら腕に血圧計を巻いたり指に何かつけて顔に酸素マスクを当てると、すぐに担架に乗せて運び出そうとした。

「待って！　私も行く」

一緒についていこうとすると、

「娘さんは部屋から出ないで下さい。あなたは濃厚接触者なので、この後は保健所の指示に従って下さい。お母さんの入院先が決まり次第お知らせします」

私の携帯の番号と、身内の大人の連絡先と言われて祖母の電話番号を伝えるとメモして急いで行ってしまった。外はもう暗いのに、救急車の音を聞きつけて集まってきた近所の人達が遠巻きにヒソヒソと「コロナみたいよ」と言っているのが分かった。「あの家からコロナが出た」という噂はあっという間に広まって、もっと後で私が二度のPCR検査陰性と分かってからも誰もうちのドアに近寄ろうとはせず、私がコンビニに行こうとすると、

「ちょっとあなた、ウイルス振りまかないでよ」

と言うおばさんもいた。

ママがすぐ入院できたのは奇跡的だと言われたけれど、そんな奇跡は起きない方がよかった。なぜならあの後、私は一度もママに会えず、電話もラインもつながらないまま、二週間後にいきなりママが死んだと電話で告げられたのだから。そんなこと信じるわけにはいかなかった。私のことばかり心配していたママに、私は「ママが悪いんだよ」なんていう言葉を浴びせたのが最後でそれを取り消す機会もなかった。死顔も見せてもらえなかった。

「中山彩香之霊」とシールに書かれた白い布に包まれた骨壺だけが帰ってきた。

パパは私が三歳になる前の日、帰宅途中に交通事故で亡くなった。パパは恵比寿にあ

る人気ヘアサロンのスタイリストだった。ママは最初、友達に勧められてお客としてパパに出会ったのだそうだ。写真のパパは優しい目とキリッとした口元が素敵な人で、寄り添うママはとっても可愛い。お似合いのカップルだったと思うけれど、二人の結婚はママの実家や親戚から猛反対を受けた。ママの実家は代々続いた病院だったから、一人娘のママは当然、医者と結婚して跡を継ぐことを期待されていたのだろう。両親を早く亡くした高卒の美容師なんてとんでもない、と周り中から言われるなかママは家を飛び出して結婚した。

「一瞬たりとも後悔したことなかったわ」

ママはいつもそう言っていた。二人とも早く子どもがほしかったけれど、私が生まれたのはママが三十二の時だった。

貯金もあったしパパには十分な収入があったから、二人は相談して私が小学校に入るまでママは育児に専念することにして仕事を辞めた。

でも、パパが突然亡くなって、ママの世界は何もかも変わってしまった。実家からは私を連れて帰ってくるように言われたけれど、ママは月々のお金の援助も断って私と二人の生活を自分の力だけで築いていこうと決めた。それはパパへの愛の証でもあったのだと思う。ただ、三十五を過ぎて特別な資格もなく、三歳児を抱えたひとり親が新たに仕事に就くのは簡単なことではなかった。やっと就職できたのが高齢者介護施設の事務兼介護の仕事だった。私にとって、小さな1DKのアパートへの引越しも、日中ママと一緒にいられないことも、保育園での延長保育も淋しくない訳ではなかったけれど、友達もできたし、仕事を終えたママが一分でも早く私を抱きしめようと走って迎えに来てくれるのが何よりうれしかった。ママと二人で頑張っているんだという誇りに満たされていた。帰ってからママと作るカレーやチャーハンやハンバーグも、ママが疲れ過ぎてしまった時にスーパーで選ぶお惣菜も、最高の御馳走だった。夜、布団に入るとママはいつも一緒に横になって本を読んでくれた。最初のお気に入り「はらぺこあおむし」に始まってハリー・ポッターまで、何十冊の本を二人で手にしただろう。ママは私が寝つくまで読んでいるつもりだったけれど、自分の方が先に眠ってしまうこともよくあった。休みの日にはお弁当を作って遠くの広い公園まで遠足した。ママは木や草花の名前をよく知っていて教えてくれたけれど、とくに道端の雑草を愛していた。

「この子はヒメジョオン。昔、遠いアメリカから渡ってきたの。とっても我慢強い子で、寒い冬にも耐えて暖かくなるとこんなに可愛い白い花を咲かせるの。

これはチドメグサ。この葉っぱは怪我した時に傷を治してくれるのよ」

そんなふうに紹介されると、小さくて地味な花をつけた足もとの草は「雑草」ではなくて、ちゃんと名前を呼べる特別な存在になるのだった。ママは私にとって最高の人だった。

小学校に入ってしばらくの間は、私の「ママが最高」は続いていたけれど、だんだんと友達の家でゲームをする方がママといるより楽しくなっていった。でもゲームの機械やソフトは、どんなに欲しいと頼んでもママは買ってくれなかった。思い切って、聞いてはいけないと思っていたことを聞いてみた。

「うちはお金がないの？」

「そうじゃなくて、ママは由希に家でゲームをしてほしくないの」

ママは分かっていなかった。ゲームなしでは友達と遊べないし、自分の家に持っていないと友達に来てもらえないのに。ママのことを初めて恨めしく思った。そう思い始めると、授業参観やイベントにママが滅多に来られないことや、来ても他の子の親たちのようにきれいな格好もしていないからその姿が冴えなくて恥ずかしく見えたし、時々聞こえてくる「由希ちゃんのところは母子家庭だから」という言葉に傷つくようになった。

祖父が亡くなって祖母が独り暮らしを始めてからは、年に二度、元旦と祖父の命日にママは私を連れて祖母の住むマンションを訪ねるようになった。石造りの立派な建物の三階にある祖母の住まいは、大理石の玄関ホールだけでも私たち親子の住むアパート全体より広い。祖母はママより背の高い近寄り難い雰囲気の人だった。ママはいつも玄関先で挨拶して花やお菓子を置いてくるだけで、

「どうぞお入りなさい」

私には他人みたいに聞こえる丁寧な言葉で勧められても決して上がろうとしなかった。

「どうして私達、中に入らないの？　なんでおばあさまと一緒に住まないの？」

私は何度か聞いた。祖母の事は「おばあさま」と呼ばなければいけないと小さい頃から教えられていた。たとえ「優しいおばあちゃん」ではなくても、三人であんな立派なマンションに住んでいたら「母子家庭」だなんて言われることはないだろう。

「あそこでおばあさまと暮らすのはとっても大変なことなの。由希もそのうち分かるようになると思うけど」

「だけどママは、おばあさまを独りっきりにしておいてかわいそうじゃないの？」

「おばあさまがああやって元気でしっかりしている間は別々に暮らす方がいいの。お互いに自分の価値観を大事にしてね」

でもママは勝手だ、と私は思った。私のことも祖母のことも後回しにして、自分が好きなように生きていたいのだと。

「由希、あなたのために良いと思ったら、ママは今すぐにでもあそこで暮らすわ。でもママは由希にはのびのびと育ってほしいと思っているの。少しくらい間違ったりすることがあってもね。だけど、おばあさまは絶対それを許すような人じゃないの」

ママが何か言えば言うほど、ママは弁解ばかりして狡いと思った。本当はそれほどあのマンションに住みたいわけではなかったけれど。

中学三年になってｉＰａｄとスマホを持つようになると、ママにも私がゲームに熱中するのを止めることはできなかった。学校の友達よりもゲームを通じて知り合った北海道の大学生や大阪の看護師さんのような遠くの年上の友達との会話の方がずっと面白くて、世界が一気に広がった。私は学校から帰ると夜遅くまでゲームをしていたし、だんだんと学校も休んで一日中一人で家でゲームをしていることが多くなった。

天気の良い休日に、

「たまにはちょっと一緒に出かけない？」

ママに誘われても、

「一人で行けば」

と答えた。

「学校は最近どうなの？」

と聞かれても、

「別に」

としか言えなかった。何かやりたい事があるんじゃないのと聞かれた時、本当は一人になりたいと言いたかったけれどそれは黙っていた。ママが職場でのちょっとした事件を面白そうに話してくれても、私にはなんて狭い世界のつまらないことを話しているのだろうとしか思えなかった。

「たまには外へ出たら」とか「少しは本も読みなさい」などと言われるのが嫌だったから、私はなるべくママを避けるようになった。朝、ママが出る時は寝たふりをしていたし、「先に自分で適当に食べるから残業していいよ」と、夕食もできるだけ別々に食べるようにした。

出席日数はギリギリだったけれど、国語と数学はできたからなんとなく高校に進学した。世界中で新型コロナウイルスの感染拡大が騒がれている時だったから、学校もあまり行かず私の生活はますますゲームだけになった。そこにこそ私の居場所があると感じられた。今思うと、あれは水に映った月に手をのばすような世界だった。私はママの生きている狭い世界から逃げ出したかった。ママのすべてを否定して幻の月を追って生きていたかったのだ。でも、ママがいなくなったら月はふっと消えてしまった。そしてあれほど広く豊かだと思っていた人々とのつながりも消えてしまった。胸の中は氷のように冷たく固まって私の時間は止まった。

救急車がママを運び出してからのことは、何もかも違う世界で起こっていることのようで、祖母と二人きりのお通夜や役所の手続き、そして引越しや早めの納骨がどんなふうに進んだのか、私はほとんど覚えていない。

気づいた時には私はもう祖母の住まいにいた。祖母は自分の寝室の隣の部屋に私のためのベッドやカーテンを整えてくれていた。大きな造りつけのクローゼットの中に私のプラスチックの衣装ケースがぽつんと置かれていた。

緑に囲まれた目白の豪華なマンションには、広い居間や食堂、キッチン、それに各々バス・トイレを備えた二つの寝室があって、厚いベージュのカーペットが敷きつめられ、いたる所に明るい色彩の抽象画や日の光をうけてきらきら輝くクリスタルの置物が飾られていた。西日暮里のママと暮らしたアパートの壁には、予定がぎっしり書きこまれたカレンダーが掛かっているだけだった。あとはいつも季節の花を一輪挿したテーブルの上のコップ。祖母の住まいは、とてもぜいたくだけれどしんとした緊張感が漂っていて、朝晩だけのベジタリアンに近い質素な食事のせいもあって修道院にいるみたいだった。訪ねて来る人はいなかったし、電話が鳴ることも滅多になく、祖母が自分から何か話しかけることはまずなかった。そういう環境は私にはむしろ救いだった。

　朝晩の短い無言の食事時以外は、ずっとベッドの中で考え続けていた。私があんなことを言わなければ、それより私が生まれてこなかったらママはまだ生きていたのではないだろうか。私さえいなければママは死なない……。私は消えてしまいたかった。自殺するだけの気力も出なくて、私はただ仰向けに寝て目を閉じ、両手を胸の上で組んで死体のように動かずにいた。このまま呼吸をなるべく浅くして間隔を空けていけば、そのうち息をしなくなって、いつのまにか本物の死体になれるかもしれない。そのことだけに集中しているとママとの事を思い出さずにいられる。それでもちょっと気を許すと、あの最後の日のことが――ママが帰ってきてから救急車が出て行くまでのことが順番に頭の中に再生され、また初めに戻っては再生され、繰り返すごとに色濃く詳細になっていくのだった。夜中に大声で叫んでしまい、気づくと祖母がベッドの傍らにいて、黙って温めた甘い牛乳を飲ませてくれたこともあった。息苦しさに耐えられずベランダまで這っていって重いガラス戸を開けると、木の枝を通り抜ける風の音や雨の音、朝には小鳥の鳴き声が聞こえてきて少し息が楽になる。夜明けは一日一日遅くなり、季節は私だけをあの九月に残して冬に向かって疾走していた。

時々祖母に促されてシャワーを浴び、用意されているものに着替えたけれど、持ってきた衣装ケースはまだ一度も開けていなかった。気力がないだけでなく、何かママが思い出される物がいきなり目にとびこんでくるのが怖かった。充電していないスマホもとっくに切れているだろう。

寝ているうちに死体になろうという計画を裏切ったのは、情けないことに私自身の十六歳の体だった。どうしても動きたくなって起き上がり、夜明けを待ちかねてベランダの手すりに飛んでくる雀をながめていた。寒さに羽毛を膨らませた雀たちは皆、屈託なく忙しそうで一瞬もじっとしていない。少し遠くでアーアーとカラスがのんびり鳴くと、自分が緊張して体中に力が入っていたことに気づく。

ある朝、食後すぐに立ち上がらずに祖母に聞いてみた。

「おばあさま、今は何月なの？」

祖母はさすがに一瞬驚いたようだったけれど、

「今は十二月。今日は二十六日。冬至も過ぎたから、これから少しずつ夜明けが早くなっていくのよ」

小さな卓上カレンダーを私の方に向けながら教えてくれた。もしかしたら、祖母も早くから目を醒まして夜明けを待っているのだろうか？

「東京なのに、ここには鳥がいっぱいいるのね」

「このあたりは木が多いからでしょうね。鳥といってもほとんど雀とカラス、それと今のように寒い間はヒヨドリがいて、あとはメジロとウグイスぐらいかしら」

この日を境に、私は少しずつ食堂や居間でも過ごすようになった。週に一、二度、車で短時間外出する他は、祖母は家の中で一人、本を読んでいるか掃除をしていた。チリ一つ落ちていないような所に掃除機をかけ、埃一つついていないクリスタルの置物一つ一つを磨いている祖母を私は長い時間眺めていた。そんな私を祖母は邪魔にする訳でもなく、話し相手にする訳でもなく、二人の間に不思議な時間が流れていった。

「こんなにたくさん花瓶があるのに花は活けないの？」

前から気になっていたことを尋ねると、

「あれから切り花はかわいそうに思えて……」

思いがけない返事にびっくりした。次の瞬間、私は祖母の中のママを失ったことによる傷の深さにやっと気づいた。祖母も私も眠れない長い夜を過ごしながら隣り合った部屋で夜明けを待ち、昨日と変わりのない一日を、そしてまた一日を、私は自分を失くすことに救いを求め、祖母はママが遺した私のために単調な作業に没頭することで自分でありつづけようと懸命だったのだ。

二月の冷たさは、どこかに春を隠している。

「ママもここで暮らしてたの？」

朝食後、私は初めてママのことを口にした。祖母はしばらく私の顔を見つめて黙っていたけれど、ふっとため息をついた。

「いいえ、彩香が暮らしたのは世田谷のお家で、隣がおじい様の病院になっていたの。その頃はひいおじい様も元気でいらしたし、おじい様の病院関係の方々やお友達もよく遊びにみえたから、住み込みの家政婦さんもいてとても賑やかな家だったわ。でも大人ばかりで、子どもは彩香一人だったのよ」

「ママには友達はいなかったの？」

「もちろんいましたよ。でも私立の学校だとお互いに住んでいる所が遠いから、放課後家に帰ってからまたお友達と会って遊ぶことは滅多になかったわね」

「じゃあママは何をして遊んでたの？」

「大好きな犬がいたから犬と遊んだり、本を読んだり、ピアノのお稽古や家庭教師の先生もみえていたから結構忙しかったのではないかしら。それにひいおじい様がゴルフに一緒に連れて行って彩香も中学生頃からゴルフをやっていたんだったわ。夏休みはだいたい私と二人で旅行、冬休みはおじい様とスキー、そんなところかしら」

ママはすごいお嬢様だったのだ。

「その中でママは何が一番好きだったの？」

「彩香はね、大人に誘われる事は何でも決して嫌な顔をせずに楽しそうにやっていたけれど、後から思うと本当に好きで楽しんでいたわけではなかったような気がするの。もしかしたら犬と遊んでいる時が一番幸せだったのかしら。自分からは何も主張しない子だった」

「どうしてママが結婚してから、おばあさまとママはあんなに仲が悪くなったの？」

「仲が悪いというのではなくて……ただお互いに何となく怖がっていたのかしらね」

「ママはおばあさまを怖がってるみたいだったけど、私にはどうしてなのか分からない。おばあさまもママのこと怖かったの？」

「彩香のことが怖かったのではなくて、自分が無意味だと思わせられるのが怖かったのかしらね」

「無意味って、どういうこと？」

「由希ちゃんも知っていると思うけれど、彩香の結婚にはみんな反対だったの。私もね。私は彩香をどんな所に出しても恥ずかしくないような子にしたいと思って厳しく育てたけれど、それはあの子に将来幸せになってほしかったからなの。あの子もそういう私の気持ちを分かってくれていると思っていました。でも結局、彩香は自分の気持ちを大事にして出て行ってしまい、おじい様や周りの方達には『お前の育て方が悪かった』と言われて、私はもうあの家に自分がいる意味はないと思ったの。だからおじい様が亡くなった時、病院のことも家のことも親戚の方達に良いようにしていただくことにして、ここで一人で暮らすことにしたんです。由希ちゃんのパパが亡くなった後、彩香には一度、三人で一緒に暮らさないかって聞いたことがあるけれどあっさり断られて、あー、彩香は私のところに戻ってくる気はないんだと、また自分の無意味さを感じさせられて彩香に何か言うのが怖くなったの」

「ママはね、もっと後でおばあさまと一緒に暮らすつもりだったのよ」

祖母は微笑んだ。

「それはきっと私が老いぼれてからでしょうね。私は断られた時は傷ついたけれど、でもその後やっと気づいたの。彩香が生まれて初めて自分で選んだ道を邪魔しないように、あの子から離れてあげることが、私にできる一番大事なことだって。こんなこと言って、由希ちゃん分かるかしら？」

私は初めて、ママの気持ちと祖母の気持ちが少し分かった気がした。それを祖母に伝えたかったけれどうまく言葉にならなかった。

三月になると雀たちは忙しそうだった。きっと卵を抱いているのだろう。食べ物もたくさん必要なのだろう。

「おばあさま、ベランダで雀にエサをあげてもいい？　今は食べ物がいっぱい要るみたいなの」

「いいですよ。でも御近所から見られないようになさいね。野生の鳥の餌付けはいけないことになっているから」

私は早朝まだ暗いうちに、残しておいたパンやごはんをベランダに置くようにした。雀たちはすぐに覚えてたくさん集まってくるようになった。小柄なのや大きいの、大胆なのや用心深いの、要領の良いのや悪いの——雀を見ていると気持ちが和む。時々ピーッと鋭い声で鳴くヒヨドリが来て雀を追い払ってしまう。そのヒヨドリもカラスが来るとサッと逃げていく。カラスは大きなくちばしを横に寝かせてヘラのようにして細かいパンくずも上手に取っていった。

四月、ハナミズキの白い花が咲いた後、ヒヨドリは突然来なくなった。祖母に聞くと暖かくなると山の方へ帰って行くのだという。朝晩の食事と少しの会話、今では自分から毎日シャワーを浴び、洗濯や食事の後片付けをしているけれど、それでも時間はたっぷりあった。いくら時間があっても私はもうゲームをする気にはなれなかった。本を読むのも音楽を聴くのも億劫で、毎日飽きずにただ雀を見て過ごしていた。

五月に入ると親と一緒に頼りなげな子雀が来るようになった。体は親と同じくらい大きくなっているのに、口を開けて羽をバタバタさせながらエサをねだって親のあとをついてまわる。その口にエサをとっては入れてやる親雀はすっかり痩せてしまっている。

朝食の時、祖母に雀の親子の話をしているうちに、気づくと

「私ね、ママに最後にとってもひどいことを言っちゃったの」

と言っていた。何を言ったの？　と聞かれるかと身構えたけれど、祖母の視線は私を通り越して遠くを見ているようだった。

「雀を見ていたら分かるでしょう？　子どもは親に要求ばっかりするものです。そのうちひどいことも言うようになって、そうして親から離れて大人になろうとするのではないかしら。由希ちゃんだってそうだったんだと思うわ。たまたま最後になってしまった言葉のことで悩んでも仕方ないでしょうに」

私の心の中で何かがコトンと動いた。

「ママもおばあさまにひどいことを言ったの？」

「私はそれを許さなかったの」


ハナミズキの花が散って瑞々しい若葉が茂った。朝、カーテンを開けたとたん、ベランダの壁際に茶色と灰色の混ざった小さなものが落ちているのが見えた。動かないそれが何なのか、頭の隅では一瞬で感じとったけれど、分かりたくなかったから祖母の部屋へとんで行った。

「おばあさま、お願い。すぐ来て！」

祖母はもう着替えも済んでいたようで、すぐに私の部屋のベランダへ出ていった。ためらうことなくその小さなかたまりをそっとすくいあげると、じっと見つめた。

「由希ちゃん、雀。死んでいるわ。怪我もしていないように見えるけど、こういう小鳥はちょっとしたショックですぐ死んでしまうことがあるの」

そう言って差し出す祖母の手から私は後ずさった。「死んでいる」なんてそんな言葉は聞きたくない。見たくない！

祖母はそのまま動かず険しい顔で私を見た。

「死んだものは怖くないのよ。生きているものの方がよっぽど怖いんです」

でも私は嫌だ、嫌だ、嫌だ！

「由希ちゃん。今朝あなたに会いに飛んできて死んでしまったこの子のことを、あなたは無視するの？」

「私に会いに来たんじゃない。ただエサがあるから来ただけだもん」

「本当にそうかしら？」

祖母の声は聞いたこともないほど冷ややかで硬かった。

「ではあなたに関係ないこの子はここに捨てておきましょうか？　それとも生ごみにでも出すのかしら？」

その恐ろしい言葉が決定的だった。私は目をつぶってサッと手を差し出していた。手のひらに載った雀の体はまだかすかに温かく、とっても軽くてまるで体重なんかないみたいだった。そっと目を開けてみると、雀は目を閉じ、足を伸ばしたまま動かない。動かないだけでなく、すぐそばのサルスベリの枝で仲間の死にも気づかないかのようにさえずっている雀たちと私の手の中の雀には、何か目に見えない決定的な違いがあった。私の手の中の雀は空っぽなのだ。この小さな身体を脱ぎ捨てて、どこかへ飛んでいってしまったのだ。自由になって、この空のどこかへ。いつのまにか怖いとか悲しいとかではなく、初めて感じる不思議な静かな気持ちが心に広がっていった。

「おばあさま、私がこの子をちゃんと土に埋めてあげる」

祖母は表情を和らげてうなずくと、シャベルの代わりに大きな銀のスプーンを手にして私と一緒にマンションの裏庭に出た。早朝、白い月がうっすらと西の空に見えて、空気はまだ汚れなく透明で、若葉の濃厚な匂いが満ちている。私がそっと雀を白いティッシュで包んでいる間に、祖母は背の高い木の根元に小さな穴を掘った。雀の亡骸を中に横たえ、私は手で土をかけて表面を固めた。こんなふうに湿った冷たい土に触れたのはいつ以来だろう。祖母と二人で手を合わせ、

「先に部屋に戻っていますから」

立ち上がった祖母の手の中の銀のスプーンは首が折れてしまっていた。

根元に雀を埋葬した木の枝を見上げると、薄茶色のやわらかな若葉が濃い緑色の葉の上側から繁りはじめている。

あれは今日のような五月の朝だったのだ。ママと二人手をつないで歩いていた時、ママがふと立ち止まってこれと同じ木を指さして教えてくれたのは。

「あの木はね、新しい葉っぱが出てくると、その下の大人の葉が緑のまま散るの。新しい葉が成長できるように場所をゆずって散っていくから『ゆずり葉』って呼ばれているの」

ママは生きて、そして死んだ。私も生きて、いつか死んでいく。でも私が生きているとママも生きて、こんなふうに私にすてきなことを話しかけてくれるんだ！　私だってママに話したいことがたくさんある！

ゆずり葉の木の下で、心の真ん中にあった氷が溶けていくのを感じた。止まっていた私の時間が、静かに、でも確かに流れ始めた。

今日、ママのお墓へ行こう。

0《ゼロ》と1の間

「最初は『魔王』を聴いた時だったの。昨日、急に思い出したの」

奈美はいつもの笑顔を浮かべて言った。

十月の夕刻。ブラインドの隙間から診察室に斜めに差し込む西日が、彼女を照らしていた。


初めて奈美に会ったのは彼女が大学二年生の八月、お盆過ぎの朝から蒸し暑い日だった。午前の外来の受付が終わる間際に、母親が予約もしていないのに強引に連れて来たのである。まるで母親のお下がりの様な野暮ったい服を着た小柄で童顔の奈美は、大学生というよりは少女のように見えた。患者用の椅子にストンと腰を降ろすと、唇を固くかみしめたまま窓の外に目を向けた。私は心の中で早々に昼食を諦め、彼女と同じ様に窓の外のぱっとしないいつもの風景を眺めた。駅前の雑踏、「準備中」の札を下げた数軒の居酒屋、絶え間なく高架を往き来する電車、その向こうに広がる高さも形もまちまちのビル群――頭の中でこれを見渡す限りの草原と点在する白い羊、そして遠い山並みに置き換える作業を始める。と、私の意識が自分から離れたことを感じ取った奈美が私の方に向き直った。それに合わせて向き直った私と、一瞬視線が交わった。

「今日はどんな問題でいらしたの？」

奈美は今度は診察机や本棚や書類棚に一通り視線を走らせ、つぶやくように言った。

「先生はコンピュータで診察しないんだ。良いことだと思うわ。問題なんてありません。お母さんが勝手に連れて来たんです」

「そうなの……」

彼女が私とこの診察室を拒絶している訳ではないと感じたので、急いで会話を続けようとはせずにそのまま待った。

長い沈黙の後、彼女は顔を上げて私を真っ直ぐ見つめた。

「問題っていうなら誰にだってあるでしょ？　先生にはないの？　問題は」

「そうね、問題はいつもいっぱいあるわ。あなたと同じかな？」

「そうよね。でも今日は私の問題じゃなくてセミの問題なの」

「セミの問題？」

「そうなの。うちを出て駅に行く途中で、昔は今頃セミがうるさいくらい鳴いていたのに、今日はなんで全然セミの声がしないんだろうって思ったの。セミはね、幼虫の間はずーっと土の中にいるの。それで毎日少しずつ成長して、七年経つとやっと地面の上に出られて木に登ってセミになるのよ」

黙ってうなずく。奈美の口調が熱を帯びてくる。

「でもね、歩いてたら急に大変なことに気がついたの。七年前は土だった所が全部コンクリートになっちゃってたら、セミはもう出てこられないんだって。七年よ！　七年も待ってたのに出てこれなくなった幼虫が、何百、何千っていうセミの幼虫が、私の歩いてるこの舗装した道の下で絶望して死んでいってるんだって気がついたら、私はもうどうしたら……」

彼女は興奮し、大粒の涙を一筋流すと机に突っ伏して泣き出した。

しばらくの間泣くに任せてから、そっと話しかけた。

「奈美さん、分かりました。大変な問題に気がついたのね。今晩、私はセミのことや、それから環境のこと勉強してくるから、あなたも調べてみてくれない？　その後で、セミのために私たちに何ができるのか話し合うことにしましょう。こうして泣いていたら、セミを助けられないわ。そうじゃない？」

今度は私が彼女を真っ直ぐ見つめた。

奈美は泣きじゃくりながらも同意した。

「明日また来てもいい？」

「もちろん、来てちょうだい」

「今日、注射するの？」

「注射してほしいの？」

彼女はちょっと笑って首を横に振ると帰っていった。

翌日、予約の時間に少し遅れて一人で来た奈美は、前日とは打って変わって落ち着いていた。彼女は図書館で、私はネットで、それぞれ調べてきた。セミの幼虫が土の中にいるのは二、三年、長くて五年である。木の根から養分を摂り、根を伝って地表に出てくる。木の生えているその根元付近に出てくるので、奈美の気づいた問題はほとんどの場合、杞憂に終わるのではないだろうか。

「安心したわ、先生。ありがとう。やっぱりちゃんと勉強してみないと駄目ね」

最初、彼女の「気づき」方は妄想のような印象を与えたのだが、そうではなさそうだった。

「先生、でもね、今は世界中で森がなくなっているでしょ。だからやっぱり近いうちにセミはいなくなっちゃうと思うけど、その頃には人間もいなくなっちゃうんだわ。温度が上がって、食べ物がなくなって、疫病が流行《はや》って、あちこちで火事なんかも起こるんだと思うわ」

なぜか楽し気に聞こえる言い方だった。

「先生、ソドムとゴモラって知ってる？」

「ええ。神の怒りに触れて硫黄と火で焼きつくされて滅んだ都市よね。でもあなたは、天使に助けられるロトのような僅かな人間の中に入ると私は思うわ」

「だけど私、きっとどうしても滅びる世界を振り向いて見ちゃうと思うの」

「それじゃ塩の柱になっちゃうの？」

二人で一緒に笑うことができた。しかし、奈美が診察室を出てドアを閉めた時、私は地表に出られず絶望するセミの声を聞いたような気がした。

こうして私の所に通うようになるまでに、奈美は精神病院への緊急入院も含めていくつものメンタルクリニックにかかったことがあった。そして、その都度「うつ病」「統合失調症」「非定型精神病」「発達障害」など様々な病名がつけられていた。

奈美の父親は無名の画家で、年に数回、二週間前後ずつ家に戻ってくる他は、日本中を放浪しながら絵を描いている人だった。自分一人の衣食代と画材費をどう工面しているのかは定かでなかったが、おそらくたまに絵が売れたり、臨時仕事をしたり、またあちこちに居候を許してくれる女性がいるらしかった。父親は絵を描くことだけに夢中になる、子どものように自己中心的で無邪気な人で、東京に帰ってきた時には奈美と兄の啓太に遠い土地の珍しい話を面白おかしく聞かせてくれたり、二人を映画に連れて行って自分の方が大いに楽しんだりした。そして、いつもそうしているかの様に、ごく自然に家族四人の食卓につくのだった。

母親は結婚して早々に夫の性格とその生き方を諦め、自分の若い頃からの夢だった小料理屋を新小岩の駅近くで始めた。彼女は小柄だが雑草のようにたくましく、現実的だが情に脆い人だった。家計は店の収入だけで支えられていたから余裕などあったためしはなかったのだが、店の客が困っているのを見ると返してもらえる見込みもない金銭を貸したり、家に泊めて食べさせてやったり、気の合う男性とは何カ月も一緒に暮らすことさえあった。そのような「おじさん」は子ども達にも優しく、本を買ってきて読み聞かせたり、学校で困った出来事があると相談に乗ったりと、自然に父親の役割を引き受けるようになるのだった。

二人の子どもは内外《うちそと》の区別なく情をかける母親と、時々帰ってくる楽しい子どものような父親と、いつ去っていくのか分からない優しく面倒見のよい「おじさん」達の混沌とした愛情の中で育った。家族とはそういうものだと奈美は思っていた。

小学校に入ると、奈美はまずその服装と変わった雰囲気のせいでいじめの標的になった。奈美自身、お洒落に興味はなかったのだが、母親は奈美の服装にも持ち物にも無頓着で、全く気にせずに奇妙な格好のまま娘を学校へ行かせる人だった。

いじめから奈美を守ってくれたのは、二学年上にいた兄の啓太である。彼はがっちりした体格でけんかが強く男子の大将格だったが、奈美の様子にいつも気を配り、助けてくれる守護天使だった。

「魔王」の一件は、奈美が小学校に上がって間もないその頃に起こった。久しぶりに帰ってきていた父親が、家にあったシューベルトの歌曲「魔王」のレコードをかけて、得意とする鮮明な情景描写と臨場感に自分自身すっかり浸りながら、その物語を子ども達に語って聞かせた。

――夜、暗い森を父親が子どもを抱いて馬を走らせて行く。森の奥に差し掛かると、魔王が恐ろしい誘うような声で子どもに歌いかけてくる。その声は子どもには聞こえるが、父親の耳には聞こえない。子どもは脅え、泣いて父親に早く逃げようと訴える。子どものつのる恐怖に、父親は馬を急がせ、疾走させて家に帰りついたが、その時子どもはすでに腕の中で息絶えていた――

この歌曲は奈美を凍りつかせた。その晩は啓太にしがみついたまま一睡もしなかった。翌朝、朝食の席でふと奈美の方を向いた父親の影になった顔を見た瞬間、奈美は確信した。父親は自分を魔王の森へ連れて行くために帰って来たのだと。母親と啓太がどんなに言って聞かせても無駄だった。奈美の怖がり様が尋常ではなく、翌日になっても鎮まらなかったので、母親に言われた父親はその日のうちにまた放浪の旅に出て行ったのだった。幼かった奈美はそれですぐに安心し、ひと月も経たないうちに「魔王」のことはすっかり忘れてしまった。

「思い出してみると、私、あのお話の何もかもが怖かったの。魔王だけじゃなく、ね。父親は何でわざわざ夜に子どもを連れてそんな森を通ったんだろうって考えているうちに、父親は本当は魔王に子どもの命を奪わせようとして行ったんだって気がついたの」

「その頃、お父様はあなたにとってどんな存在だったの？」

「うーん、あんまり会うことなかったし、でも帰ってきた時は楽しかったし、ちっとも怖いような人じゃなかったのよね」

幼い子どもは魔術的な世界に生きているから、現実と空想の境界があいまいになることがある。とくに当時の奈美のように特異な家庭環境にいれば、「魔王」で起きたような反応はそれだけに限れば、必ずしも異常といえるようなことではなかった。

「どうして昨日、急にそのことを思い出したのかしら？」

「私、大人になってから外で何度も『魔王』を聴いたことがあるんだけど、特に何も思わなかったのね。それが昨日家で古いレコードを聴いてみたら、急にあの時の何ともいえない怖さを思い出したの」

「歌い手の違いかしら」

「そうじゃなくて、多分外で聴いたのがみんなCDだったからだと思うの。CDは音がクリアだけど、あの得体のしれないモヤモヤした空気感がないでしょ。だからレコード愛好家って結構多いのよね。デジタル録音って必要な音ははっきりさせるけど、何ていうか0《ゼロ》と1の間にあるちっちゃな必要じゃない音は捨てられちゃうから」

0と1の間にあるもの。それは砂時計の中に見える。つつましく光りながら落ちていく砂は、すべてを抱《いだ》きながら失われていく、取り返しのつかないいとおしい時間の流れそのものだからである。デジタル時計には時刻は明確に表示されるが、12：00と12：01の間に流れる時間は見えない。その間に現れ、消えて行くものの姿も。

奈美の問題は「魔王」だけでは終わらなかった。それは始まりにすぎなかった。その後も奈美は、「急に気がついた」ことに激しく怯えたり深く悲しんだりするようになったのである。初めの頃は子どもらしい、自分や家族に関係する死の恐怖が中心だった。兄のランドセルの傷は悪魔が兄を連れ去るためにつけた印だ、母親の今日の化粧は死化粧だ、そしてある日登校すると先生も生徒もみんな本物そっくりに入れ替わった何かになっていてもう恐くて行けない、というように。その後徐々に、テーマはアニミズム的色彩を帯びるようになっていった。雲の形や風の吹いてくる方角は一日を決める大事な徴《しるし》であり、小石にも道端の水溜まりにも心があると感じた。近所の古い椎の木が整地のために根こそぎ倒されるのを見た時は、三日間高熱を出してうなされた。

その頃から過食症も始まった。最初は、どれ位の量を食べればちょうど良いのか分からない、という感覚だった。奈美の家では、母親はいつも煮物や漬物を大皿に山盛りにして食卓の真中に出し、各自がそれを自分の皿に取り分けて食べる習慣だった。とりあえずほんの少し自分の皿に取って考えていると、「奈美、何してるの。もっと沢山ちゃんと食べなきゃ駄目じゃないか」と叱られる。何も言われないようにと大量に取って残さないように食べると、後で胃がパンパンに膨れて気分が悪くなってもどしてしまう。いつの間にか沢山食べては吐くことが習慣になっていった。その様子に気づいた啓太には度々注意されたが、その頃にはもう自分の食べ吐きのコントロールができなくなっていた。特に、母親の作る食事ではなく、菓子パンのようなほんのり甘くて柔らかいものには懐かしい優しさを感じる。それを体に詰め込むように食べていると、心の奥の方にある穴のようなものが埋められていく安心感がある。しかし途中から食べている自分の姿に強い嫌悪感が湧いてきて自分の中で二つの感情がせめぎ合う。吐くと自分の中がきれいになるようでもあり、惨めでもある。

「私、強い人って白か黒かをスパッと決められるような人じゃないと思うの。それって、たとえばこの部屋のあっちの壁かこっちの壁に背中をぴったりくっつけて立つようなもんでしょ？　それよりも部屋の中間くらいで何にも支えなしで立っている方が強い人なんだと思うわ。私はそうしたくてもできないから、あっちの壁とこっちの壁を往ったり来たりしてるんだわ。それと食べ吐きって関係あるような気がするの」

「あなたが往ったり来たりしないですむような安心できる居場所をみつけなければね。

人は何も支えなしで立ち続けられるほど強くなくてもいい、と私は思うの」

奈美が初めて精神科の診察を受けたのは、高校一年の秋だった。山手線の神田駅のプラットホームで突然泣き出し、線路に飛び降りようとしたところを駅員に取り押さえられた。家族に連絡がつかなかったため、警察への通報を経て精神科に連れていかれた。

「あの時はね、山手線の電車がどんなにつらいかっていうことに急に気がついたの。一日中、同じ円の上を、つまりいつまでたっても0《ゼロ》をぐるぐるぐるぐる回っているだけで、どこにも行き着けないの。それって残酷じゃない？　他の電車はみんな始発駅があって、一つずつ進んで行くと終点があるのに。それで私、咄嗟に山手線を何とかしてあげなきゃいけないって思ったの」

「確かに他の電車はみんな終点に着くと何となく達成感みたいなのがあるかもしれないわね、決められたレールの上を往復するだけだとしても」

「でしょ？　でもあの時は誰にもそのことが分かってもらえなかったの。それで飛び込み自殺と間違えられちゃって、精神科の先生に重いうつ病って言われて一晩入院させられちゃった。次の日お母さんが来てくれてうちに連れて帰ってくれたけど、注射とお薬で一日中頭がボーッとしてたわ。

先生、先生も電車がつらそうだって思うのは、頭が変なんだって思う？」

「私は変だとは思わない。昔の職人さんは自分の道具には魂が入ってると思って大事に使っていたし、今でも仏像を拝むのは仏様が宿っていらっしゃると信じるからでしょう？　それと同じことで、毎日私たちが当たり前のように乗っている電車というものの中に何が見えるか、見えないかという感受性の違いなんだと思うの。でも気がついたからって、いきなり線路に飛び降りようとするのは変だと思う。それって自分にとって危ないだけじゃなくて、もしぶつかったら電車にとってもすごく悲しいことになると思わない？

その時はまだ高校生だったのよね。でもその頃と同じように気がつくとすぐ何かしなければいられないっていうところは今もあるでしょう？　それがあなたの一番の問題だと私は思う」

「そうね、分かったわ」

奈美はうなずき、にっこりとした。

「あなたが精神病院に入院させられたって聞いて迎えに行ったお母さんは、びっくりしてたでしょうね？」

「ううん。お母さんはね、何があってもいつでも『奈美、おまえしようがないね、本当に。皆さんにこんなに御迷惑かけちゃって』って言うだけなの」

「その先生がお母さんにどんなことを話してたか覚えてる？」

「それがね、お母さんは『助けていただいて本当にありがとうございました。お世話様になりまして』って先生に頭下げて、先生の話はちっとも聞かないで、皆さんでどうぞってお茶菓子かなんか置いてきたの。それで、それっきり。本当は通院しなさいって言われてたんだけど、私がもう行きたくないって言ったら『しようがないね』でお終《しま》いだったわ」

奈美は電車の事件の後も「急に気がついた」ことに心を強く揺さぶられ、通行人と揉めたり、道の真中で突然大声で泣き出したりして周囲を騒がせることがあったらしい。呼ばれて行った母親は自分の手に余ると、取り敢えず一番手近にあるメンタルクリニックへ彼女を連れて行くのだった。私のところに初めて来たあの時のように。

奈美は出席日数が足りず三年生に進級できなかったのを機に大学をやめて、日中は家でブラブラ過ごし、母親の店が忙しい日には夕方から店に出て接客を手伝うようになった。無口だが小柄で笑顔のかわいい奈美は、特に年配の男性客達にかわいがられた。兄の啓太は、奈美のそういう生活は若いのに健康的ではないと考えて、本人にも母親にも何度も強く注意したが一向に埒が明かなかった。奈美でも働けそうな静かな和菓子屋のアルバイトを見つけてきたり、同年代の友達ができるようにイベントに連れていったりもしたが、啓太の様々な試みが報われることはなく、奈美はすぐに元の生活に戻ってしまうのである。それでも啓太と奈美は仲の良い兄妹だった。啓太が休みの日には二人でよく映画館へ出かけた。映画の楽しみは、最近滅多に帰ってこなくなった父親が教えたものだった。啓太達のバンドが前座として出るライブがある時には、奈美は必ずついて行ってリハーサルの間、誰もいない客席で啓太とメンバー達の似顔絵を描いていた。

奈美のことを真剣に心配している啓太は、奈美と一緒に私の所に来ることもあった。

「奈美は小さい頃から敏感過ぎるセンサーみたいに、何てことない事にも誤作動して怖がったり泣いたりするんです。だから人の中でふつうにやれないんじゃないかな。大学へ行ったのも面接だけで入れる簡単な所だったから、働くのが嫌っていうか社会に出るのが嫌だから、そっちの方が楽だと思って行っただけなんですよ。結局ほとんど出席してなかったみたいだけど。お母さんは奈美がそばにいると何かと便利だから好きにさせているだけで、あの人は奈美の将来なんてちっとも考えてないんです」

奈美は毎日飽きもせずに古い映画雑誌を熱心に眺め、コンビニで山のように買ってきた菓子パンを食べて吐き、夕方になると母親の店を手伝いに行くという日々を送っていた。それが彼女の居場所であり、取り敢えずの安心感を見出す日常だった。

一日一日は同じように過ぎて行くが、時はすべてのものを少しずつ変えていく。そして一年、また一年と過ぎ去っていったある日、降り積もった変化が突然その姿を顕《あら》わにする。それは啓太から始まった。

啓太は、自分の将来を考え直さなければならない時を迎えていた。彼は高校を卒業すると、アルバイトを転々としながら、誰からも「プロ級」と言われるギターの腕を活かしてバンド活動で成功したいと考えていた。だが、三十を過ぎるとバンドのメンバーが一人、また一人と脱け始め、啓太自身、ギターで生きていくために必要な人並外れた才能や個性が自分にはないという現実の壁につきあたっていた。悶々とした日々を送りながらも奈美のことは気にかけてくれているようだったのだが、ある日、好きな女性と暮らすことにしたと言って家を出て行ってしまった。

「お兄ちゃんは家《うち》を出て良かったのよ。きっとお兄ちゃん、お母さんにも私にも疲れちゃったんだと思うわ」

奈美はいつものように笑顔でそう言ったが、彼女が現実から足を踏み外して崖の向こうに滑り落ちてしまわないように、必死でつなぎとめてくれていた啓太がいなくなってしまったことを、本当はどう感じていたのだろうか。奈美はそのままぼんやりと人差し指で机に円を描いていたが、私にはそれが0《ゼロ》に見えて仕方なかった。

果たして、啓太がいなくなってからの彼女の行動は、瞬く間に糸の切れた凧のようになっていった。

何カ月も姿を見せなかった奈美が母親に付き添われて現れた時、彼女の体は青痣だらけだった。

「先生、奈美はね、占いの男の人と知り合ってずっとその人の所にいってたんですよ。奈美には先を見通す力があるとか何とか言って連れてったんです。別に悪い人じゃあなかったんですけどね。それが昨日、急に奈美から電話がかかってきて、帰りたいから迎えに来てくれって言うんでね、行ってみたらこんな有様でねえ」

恐縮したように言う母親は、甲羅の中に首を引っ込める亀を思わせた。

「お母さん、これは私の所ではなくて、警察に行く問題ですよ」

「ええ、でもこの子が先生の顔を見れば安心するって言うもんでね、あの男の人のことはもういいからって。あとは私がめんどう見てやりますんで大丈夫です。ほら、警察っていうといろいろめんどうですしね」

「そういう問題ではないんです。お兄様かお父様に連絡は取れないですか？」

「ええ、啓太はもう電話してくるなって言うし、これの父親は何《なん》かずっと九州の方にいるみたいでね。警察のことは家に帰ってから奈美と相談してみますんで」

奈美は少しやつれていたが、いつもの笑顔で黙ってこのやり取りを聞いていた。母親は奈美の手を取ると、

「さあ、先生もお忙しいから」

と、そそくさと帰って行った。

それから半年も経たないうちに、奈美は今度はフィリピンへ行ってくると言い出した。母親の店に来ている客が何度か一緒に連れてきたマリアという女性が郷里に帰るので、送りがてらアンヘレスという町へ行くのだと言う。

一カ月後、奈美は持っていったわずかな着替えや化粧品の入ったバッグも持たずに身一つで帰ってきた。

「マリアの家はアンヘレスからもっとずっと行った田舎の方なの。おじいちゃんやおばあちゃんも一緒で、まだ小さい妹さんもいてすごい大家族でね、みんなとってもシンプルな良い人達ばっかりだったわ。でもあの辺りはとっても貧しい所なのよ」

奈美は日に焼けて痩せていた。私がフィリピン行きに賛成していなかったせいか、それ以上のことは珍しく話そうとしなかった。

彼女が知らない人々や生きものに、そして存在するあらゆるものに与える無防備な優しさは、愛から生まれるものというより、むしろ人間を突き動かす太古の、根源的エネルギーとでもいうべきものから生まれていた。しかし、その優しさは彼女自身を少しずつ削りとっていくものでもあった。そういう彼女を傍にいて引き止め、守ろうとしてくれる人は誰もいなかった。

時折の中断を挟みながらも、奈美は初めて会った時から二十年以上、私の所へ通っていた。何年にもわたって通院している患者の中には、年月とともに少しずつ人生と折り合いをつけて生きられるようになる人と、その逆の人がいる。

ある午後、外来に現れた奈美は真っ赤な口紅を塗っていた。

「先生、私なんだか人生の定期券が切れちゃったような気がするの」

重い言葉だった。受け流すことはできないが、その場で不用意にその意味を追求するのは危険だと感じて、いったん言葉をそのまま受けとめるにとどめた。

「人生の定期券……。うーん。ひと休みしろっていうことじゃないかしら」

「うーん」

奈美は四十を過ぎ、母親も七十間近になっていた。小料理屋の常連達も皆すっかり年老いて年々客は減っており、経済的にかなり苦しくなっている様子がうかがわれた。それでも奈美の生活には何の変化も見られなかった。過食と嘔吐も相変わらずだった。かつて彼女がつらそうだと涙を流した山手線の電車のように、彼女の人生はどこにも行き着かない円の上を回り続けていた。徐々に小さく縮んでいく円の上を。

彼女は私の所に来て話すことで何とか自分なりの枠組を保とうとしているようだったが、しかし私が勧めた入院はおろか、現実的な対処法や薬物治療にも笑顔でうなずくだけで、実際には決して応じようとしなかった。それは母親を呼んで何度その必要性を話してみても同じことだった。

結局、奈美が選んだ自分なりの問題解決法はアルコールだった。母親の店で客が帰った後も遅くまで飲み続けるだけでなく、朝からコンビニで買った缶チューハイを手にするようになった。過食と嘔吐にアルコールが加わったことで、彼女の心も体も大きなダメージを受け、坂道を転げ落ちるようにすべてが壊れていった。少女と老婆が混在したような奇妙な佇まい、笑顔は一見、昔のままのように見えるが今ではもうそこに輝きはなかった。身のまわりの自然やもの言わぬ物たちの叫びに気づいて心を揺り動かされるようなこともなく、私との間でも習慣化したような空疎な言葉のやりとりばかりが続くようになっていた。

十一月の朝、奈美はアルコール臭い息で私の外来に現れた。飲酒して来る人は診察しないのだと告げたが、彼女は引き下がらなかった。

「先生、ごめんなさい。絶対二度とお酒飲んで来たりしないから、今日だけお願い。どうしてもお話ししたいことがあるの」

最近の奈美の様子を見ていると無下に断らないほうが良いと考えて、今回だけと念を押して椅子を勧めた。

「この間、先生の外来にお坊さまが来てたでしょ。ゆうべ、あのお坊さまと一緒に飲みに行って明け方まで飲んでたの」

奈美の言う「お坊さま」は、この診療所の依存症専門外来に月に二度通っていた。その外来の医師が急用で休んだ日に、たまたま私が一度、代わりに会った人である。

カルテによると、彼は新潟県のはずれにある寺の住職である。診断はアルコール依存症で、一年前に彼の飲酒に愛想を尽かした妻が去り、以来一人暮らしになってますます朝から酒浸りの日々が続いていた。その様子は檀家の人々の間でも噂になり、ある法事の席での失態を機に、飲酒をやめるか、寺を去るかという選択を迫られることになった。彼は酒をやめることを約束するとともに自らにも固く誓って、治療のために東京のアルコール依存症の専門病院へ行った。しかし、そこの医師から入院して断酒し、その後通院を続け自助グループへ参加したとしても、彼の置かれているような家族もいない孤独な環境では、アルコール依存の再発を防ぐのは難しいであろうと言われてしまった。それでもとにかく、まずは酒量のコントロールをできるようにしたいと考えた彼は半年前からこの診療所に通っていた。

中肉中背で色黒の疲れた顔をした住職は、四十六歳という年齢よりずっと老けて見えた。二週間前から今日までの飲酒の状態を聞いて処方箋を書き、次回の予約を決めて終

わるつもりでいた私に、

「先生、少しだけお話しさせていただいてもよろしいでしょうか?」

と住職は切り出した。

「はい。詳しいことは主治医にお話しになった方が良いと思いますが、今日せっかく遠くからいらしたのですし、私で済むことであれば、どうぞ」

私は椅子に深く座り直した。

「実は、今までどうしても口に出すことができなかったのですが、私が酒に溺れるようになったそもそものきっかけは、出自の悩みだったのです」

「出自の悩みとおっしゃいますと?」

「はい。私は元々大阪の出身ですが、今でいう被差別部落の出なのです。大学を出た後、京都の大きな寺で何年も修行しまして、それから今おります新潟の東のはずれにある寺へまいりました。そこで、高齢だった先の御住職がおられんようになってからは、小さな寺ですから私一人で寺を管理し、読経や法話だけでなく、檀家の方々のお悩み事の相談も受けるようになりました。人の多くない静かな所ですが、それだけに人と人との交わりは都会よりもずっと濃いのですね。そういうところで僧侶としての務めを果たしているうちに、ふと、私自身もうすっかり気にせんようになっていた出自のことが頭に浮かんできました。そのことは今の寺に来た時に、わざわざ言うことではないと判断しておりましたが、それが私自身の口からではなく、何処かよそから知られて、今も気にするような方に何か言われたらという不安と、それよりも、私自身の中で何故自分は隠し事をしているのだ、隠し事をしなければならないのだ、このままこういうことが続いていくのだろうかという怒りと脅えのようなものが芽生え、日に日に大きくなってまいりました。自分では修行を積んできたつもりでおりましたのに、仏様に手を合わせ南無阿弥陀仏と必死に唱え続けても、情けないことに私の気持ちは鎮まってまいりません。いや、こういう問題の重さは先生のような方でもお分かりいただけるかどうか……。で、あの辺りは淋しい、冬には寒さが厳しい所で、お酒は以前からたしなんではおったのですが、だんだんと酒の中に逃げ込んで頭を麻痺させている時間が一番楽だと思うようになってまいりました」

「お一人きりで、非常に苦しい思いをしていらしたのですね」

「いやあ、苦しいと言いましても今回の事はすべて、私自身の弱さから出たものと思っております。私は怖かったのです。仏様、いえ、自分自身のことを信じきれなかったのです。それを酒で紛らわそうなど、愚かなこととしか言いようがございません。失礼しました。なぜか今日初めてお目にかかった先生に聞いていただきたくなりました」

「いつかお話しになろうと思っていらした日が、ちょうど、今日という日だったのかもしれませんね」

十一月。早い日没の残照の中に住職の絶望を見た。

誰が彼の弱さを裁けるというのだろう？

何が彼を救い得るのだろう？


奈美と住職は、その日にたまたま顔を合わせたのだろう。二人で約束して、昨夜銀座へ飲みに行ったのだと奈美は言った。

「銀座っていっても高級なお店じゃなくて、お坊さまがお金払えるような居酒屋みたいな所でね、ゆっくり飲んでいろんなことをいっぱいお話しして、それからまた次のお店で飲んでってしているうちに、二人ともすっかり酔っちゃって気がついたら夜が明けかけていたの。それでね、私、お坊さまと手をつないで銀座の道をスキップしながら帰ってきたの。ネオンはもう消えかけていて、白い真ん丸なお月様が西の空にぼーっと浮かんでいて、何かこの世じゃないみたいにきれいだったの。私がそう思ったのと同時にお坊さまも『極楽みたいだね』っておっしゃったのよ。おかしいでしょ？」

奈美の話はそこで終わったのだが、なぜ今日、どうしてもその話を私に伝えたいと思ったのだろうか――私は住職の主治医に申し送りを書きながら、めまいのようなものを感じた。

二週間後、住職が寺の居室で縊死《いし》していたと主治医から聞いた。

あの夜明け、彼は菩薩に手をひかれて極楽を見たのだ。

それから間もなく、奈美は長年の過食と嘔吐に加わった大量の飲酒のために体調が危険なほど悪化した。嫌がる彼女を、私は無理やり入院させなければならなかった。

一度、ナースステーションから、

「先生、今日お兄ちゃんが会いに来てくれたのよ。もうじき退院できると思うわ」

と、楽し気な声で電話をくれた。

明日退院という日の深夜、奈美は急性心不全のため亡くなった。

午前の診察を始める時間。時計の時刻表示が、10：00から10：01へカチッと変わった。

雪烏《ゆきがらす》の伝説

雪の大地。氷の湖。シダやイタドリの貧弱な茂みとダケカンバの疎らな林の先に、あの山の中腹辺りまで続くハイマツの群落が見える。澄み切った空にピーッ、ピーッと鋭い声を上げて灰色の鳥が飛び交い、雪の上に点々と残されたキツネの足跡が丘の向こうへ消えていく。

　これが世界のすべてだ。この白く凍る世界に生きる私たちは、食物に窮することもあり、クマから身を守り、嵐に耐えねばならない夜もある。時には戦い、時には失うこともあるが、多くを望み過ぎない限り時間がすべてを解決する。私たちには時間がたっぷりとある。

　穏やかな夜には、十軒の同じような小屋が円形に並ぶ集落の中央広場で火を囲み、次の食物や、怪我や病気の手当の相談をしたり、また満月の夜には誰かが自分の家に伝わる話を披露する習わしになっている。今夜は長《おさ》の番と前々から決まっていたので、年寄りも若者も子ども達も全員が火の周りに集まって、話が始まるのを今か今かと待っていた。

　六十を過ぎた長は、誰よりも豊かな知識をもっている。東の空に昇った月を見上げしばらく物思いにふけっていたが、ナナカマドの枝を一本手に取り火にくべると、低いがよく通る声で静かに語り始めた。

今から百五十年ほど前は、私たちの住むこの地球は今では想像もつかないほど暑かった。しかも気温は年々じわじわとさらに上がり続けていた。それは地上の生物の頂点に立った人間が、神のようにすべてを支配しようという野望を抱いて、途方もないエネルギーを費やす活動を続けた結果だった。黒ずんだ塵やガスが空を覆い、夏の気温は摂氏五十度を超え、冬になっても平地に雪や氷を見ることはなかった。

人間達の一部は科学文明の力によって、煩わしい作業や危険な仕事は全部機械に任せて、安逸な生活を送っていた。

一方、地球全体に及んだ気温の上昇によって、遠い国では干ばつや山火事が起こり、草も木も失われて砂漠が広がっていき、別の国では洪水や海面の上昇によって大地が水に飲みこまれ、人も動物も住む場所と食物を失いつつあった。

気温が高いために絶えず新しい疫病が流行り、また、誰もが心の底に未来への不安を抱いていたからだろう、世界のあちこちで戦争が起こっていた。人間は自らを、そして地球上のすべての生物を悲惨な状況に追い込んでいた。裕福な人間の中には、そんな地球を捨てて他の星に移住する計画を立てている者もいたという。

そういう不幸と危機の中にあった地球に何が起こり、この雪と氷の世界が生まれたのか――それについて最近は、いろいろな話が想像されて伝えられているらしい。だから、今夜は私のひいじい様の話をしようと思う。なぜならひいじい様はあの暑さの時代に生まれ、若い日を過ごし、そして地球を変えることになった物語を間近に見聞きしたただ一人の人間だったからだ。

今夜はこの話にふさわしい素晴らしい満月だ。この月の下で、ひいじい様がじい様に、じい様が私に語った話を聞いてもらいたい。

一人の織物職人と雪烏《ゆきがらす》の話だ。

私のひいじい様が若かった頃、このあたりは何万もの人間がひしめく街だった。気温は非常に高かったから、今、私たちが暖かい衣服を求めるのとは反対に、人々は皆ほとんどいつも、涼しさを追求して作られた化学繊維の服を身につけて暮らしていた。

そういう時世に、あの険しい山の中腹に一人きりで住んで、自然の植物素材だけを糸にして手織りの布を作っている変わり者の職人がいた。

彼も何年か前までは街の真ん中で大きな服屋を営み、工場で織られてくるさまざまな布を染め、しゃれた模様を描き、服を仕立てて大いに繁盛していた。とりわけ彼の染める布はその色合いの美しさ、繊細さ、大胆さだけでなく、どのような注文にでも応え、かつそれを超える素晴らしいものになるという評判が高く、遠い国々から求めに来る人も後を絶たないほどだった。彼の周りにはたくさんの弟子ばかりでなく、衣服関係の仲間や仕事とは関係のない仲間も大勢集まり、いつも賑やかで華やかな空気に包まれていた。

しかし、彼が何よりも大切にしていたのは、彼のことを深く理解し愛してくれる美しい妻と、自然の中で遊ぶのが大好きな元気いっぱいの十歳になる息子だった。彼の夢は、もう少し蓄えができたら街を離れて静かな山の近くに住み、穏やかな日々を家族と共に過ごし、目まぐるしく変わる世の中の流行や評判とは関わることなく、自分の手で糸を紡ぎ布を織り、愛する者のための服を仕立てる生活だった。

その夢が突然奪われたのは、職人が四十六になった年の初夏だった。当時猛威を振るっていた恐ろしい疫病によって、最愛の妻と息子が相次いで亡くなるという悲劇に見舞われたのである。職人は店を閉じて家にひきこもったまま誰にも会おうとせず、自分一人が生き残った運命を呪うばかりだったが、七日ほど経った真っ暗な夜にひっそりと家を出てあの山を登っていった。心配していた仲間たちが翌朝気づいて心当たりをあちこち捜しまわり、夕方になってやっと急峻な山の中腹に立つ大きな松の木の下で、虚ろな目をして座り込んでいる職人を見つけた。彼の首には妻が愛した湖の青に染められた布が巻かれたままで、途中で折れた松の枝が上から垂れ下がっていた。

仲間たちは近くにあった何年も使われたことのない古い山小屋に職人を運び込み、口々に励ましたり何とか水や食物を摂らせようとしたが、「お願いだから私のことはもう放っておいてくれ」と言うばかりで頑として何も受けつけようとしない。困り果てた仲間の一人が、以前彼が将来は静かな所で布を織りたいと言っていたのを思い出し、数人がかりで職人の店に飾られていた大昔の紡車と手織りの機《はた》織り機を山小屋に運び込んだ。たとえ彼が使うことなどなかったとしても、多少なりとも心の慰めになるかもしれないと考えたのである。

初めはただぼんやりと紡車と織り機を眺めていた職人だったが、ある日ふと織り機に手を触れその木枠をそっと指でなぞっているうちに、埃を払って手入れし、古い織り機が滑らかに動くように調整し始めた。わずかずつではあるが、水を飲み食物にも口をつけるようになった。彼は仲間が持ってきた麻の繊維を手にとると、何日もかけて糸に紡ぎ撚《よ》りをかけ、山の湧水を沸かして洗った。山の中を歩き回って草木の葉や花や実を集め、それぞれ煮出しては染料を作り、糸を染めた。織り始めるまでの綛《かせ》あげから整経《せいけい》の作業は、最初はとまどいながらゆっくりと進められていたが、一年も経たないうちにまるで昔から手織り職人だったかのように迷いのない確かなものになっていった。

糸を染める草木の優しく微妙な色合いの中に、そして糸を巻き開口した経《たて》糸に緯《よこ》糸を通していく――その一つ一つの手順の中に妻の眼差しや笑顔、まだ声変わりもしていない息子の呼ぶ声やはつらつと駆け回る姿が浮かんでくるのだった。織ることは妻や息子と魂が触れ合うことであり、祈りであった。そうして慈しむように時間をかけて織り上げられた布には、見る人の心を打つ静謐な美しさがあった。職人は一反の布を織り上げると、休むことなくすぐに次の糸に取り掛かった。

彼の織った布を仲間が街へ持って行くと、珍しい美しい物を欲しがる金持ちが競って高い値で買って行った。しかし、職人は仲間が頼まれてきても決して注文に応じて布を織ろうとはせず、また容易に手に入る化学繊維には手を触れようとしなかった。なぜ、と仲間が聞いても淋し気に首を横に振るだけで答えることはなかった。彼は布を織るきっかけをくれた仲間たちに感謝してはいたものの、かつてのような街での生活を一日も早く忘れてしまいたいという思いが強く、もう心を開いて仲間と交わろうという気持ちにはなれなかった。少なかった口数もますます減っていくばかりだった。

職人が回復して以前のように仕事に戻り、もう一度一緒に華やかな生活ができるようになればと秘かに期待していた仲間たちは、月日が経つうちに一人また一人と諦めて離れて行き、山小屋を訪れることもなくなっていった。

職人は一人きりで黙々と布を織り続け、数年も経つうちに次第に世の中を忘れ、世の中からも忘れられていった。

私のひいじい様も職人が妻子を失くしたその年の終わりに、やはり同じ疫病で両親と妹を失った。残されたのはまだ若かったひいじい様と、妹が可愛がっていた小さな茶トラの雌ネコだけだった。

子どもの頃から人の命を救う仕事をしたいという夢をもっていたひいじい様は、熱心に勉強して医学校に入り、何年もまじめに学び、あと半年で卒業するという時だった。ある朝、いつも一番に起きてくる妹が熱を出して起きられなかった。翌日は母親が、次いで父親が高熱に倒れた。原因はその年多くの死者を出していた疫病とすぐ分かったものの、治療法がなかった。なすすべもなく見守るしかないひいじい様の前で、家族は三人とも亡くなってしまった。きらめく若さで周りまで幸せにした妹も、どんな時でも必ず味方になってくれた母親も、誰からも慕われていた尊敬する父親も。医学の力が決して万能ではないと知ってはいても、それでも医学に裏切られたと感じずにはいられなかった。さらに、一番気持ちの支えを必要としていた時に、恋人も親しかった友達も、家族が疫病と聞いて遠ざかっていってしまったことに、ひいじい様の心は打ちのめされた。彼らを責めるべきではないと分かってはいても、人を信じられなくなってしまった。

悲しみとやり場のない怒りを抱えたまま心を閉ざしたひいじい様は、医者になる道を捨て親しかった者との縁も断ち切り、街外れの一間きりの部屋に移り住んだ。なんとか食べていけるだけの仕事を転々としながら、一緒に残されたネコだけを相手に苦い孤独な日々を送るうちに、一年、また一年と月日が過ぎ去っていった。

一時、世間の噂になっていた織物職人の話がすっかり飽きられ、その存在さえ忘れられようとしていた頃、ひいじい様は仕事先で偶然彼の織物と出会った。初めはその前を素通りしかけたのだが、布に呼び止められたように感じて立ち止まり目を向けた瞬間、その突き抜けたようでありながら同時に見事に抑制された美しさに完全に心を奪われた。布には美しさだけでなく、人の魂に訴えかけてくる静かな力があった。人との関わりを避け、何事にも関心を失って久しいひいじい様だったが、その布を織った職人に一度会ってみたいと思い、その思いは日ごとにつのっていった。

一人きりで迎えた三十の誕生日に、ひいじい様は暑さのましなうちにと、まだ薄暗い早朝にネコを肩にのせて急峻な山道を登っていった。勾配のきつい細い道は最近人が通った形跡がなく、伸び放題の草が道を隠し始めている。山道に慣れていないひいじい様は、すぐに息があがり汗が滴り落ちてきた。肩のネコは居心地悪そうにたえず体の位置を変え、抗議の声をあげ、時々爪を立ててしがみついてくる。悪戦苦闘しながらなんとか二時間余り登り続け、一息つこうと大きな松の木の下で立ち止まると、そこはちょうど山の中腹だった。

太陽はまだ東にあり、ここまで来ると空気は爽やかで涼しく、そして何より静かである。松の太い幹にもたれて息を整えていると、その静けさの中にトントン、トントンと機を織る音が聞こえてきた。音を頼りに林を抜けると、木と石で造られた古い山小屋があった。小さな窓が高い位置についていて、中の様子は分からない。

「こんにちは！」

「すみません！」

いくら呼びかけても返事がない。仕方なく重そうな厚い木の扉を叩いて遠慮がちに引いてみた。扉には鍵もかかっておらず、すっと開いた。

「こんにちは。お仕事中すみません。どうしても一度お会いしたくて街から来た者です」

職人は手を止めると静かに振り返り、黙ってひいじい様の顔を見た。

艶のない白髪混じりの長い髪を後ろで一つに束ね、灰白色のひげが不揃いに伸び、痩せた体に草色の作務衣を着た職人は、まだ五十過ぎくらいのはずだが疲れきった老人のようにみえた。しかし、あの織物の中にも見た深い孤独を宿したその目に見つめられた途端、ひいじい様は自分でも訳が分からないうちに声をあげて泣き崩れていた。両親と妹が亡くなった時も他人には涙一つ見せず、唇をかみしめ押し殺してきた悲しみが一気に溢れ出したのだ。ネコはひいじい様の肩から飛び降りると、勝手のわかった我が家のように少しも躊躇うことなく山小屋の中へ入っていった。職人は相変わらず黙ったままひいじい様を傍の椅子に座らせ、コップに冷たい水を注いで渡すと、また機織りの仕事に戻った。

織り機の規則的で心を落ち着かせる音を聞き、職人の静かな背中を見ているうちに、ひいじい様の中に固まっていた怒りと悲しみは、少しずつ溶けて洗い流されていった。この空間は、この世でもあの世でもない、愛したものの魂と巡り合える特別な場所なのだと感じた。ひいじい様と職人の間には初めから、言葉にしなくても互いに通い合うものがあった。この静けさの中に存在するものを肌で感じ、その感覚を共有することができたのだ。

あっという間に時間が過ぎて日が傾きかけた頃、ひいじい様はもう帰らなければと立ち上がった。ところがいくら呼んでも、ネコは小屋の奥の暗がりからひいじい様を金色の目でじっと見つめるばかりで、一向に出て来ようとしない。茶トラのネコは、そのまま職人の小屋に住むことに自分で決めたようだった。

ひいじい様と職人の交流はこの日から始まった。ひいじい様は時間ができると必ず二人の食物やネコの好物をかついで険しい山道を登って山小屋を訪れた。一杯の冷たい湧水を飲むと腰を下ろして壁にもたれ、職人が布を織るのを飽きることなく黙って見ていた。そうしていると織り機の音とともに、あたかも夢と現《うつつ》の間を往き来するように、心の中に新しい夜明けのような布が織られていくのだった。

ネコはひいじい様が山小屋の扉を開けると、喜んで出迎えて足に体をすり寄せながらうれしそうにゴロゴロ喉を鳴らすこともあれば、声をかけても振り向きもせず、ことさら丁寧に毛繕いをして小さな布団が敷かれた箱に入って寝てしまうこともある。いずれにせよネコがここにいることを選んでくれてよかった、とひいじい様は思った。街にいた時より幸せそうだし、自分が訪れる理由にもなる。そしていつの間にか、まるで星座を作る一つの小さな星のように、この場所に不可欠な存在になっている。

四月《よ》ほど経った時、職人はひいじい様のために自分のものと同じような草色の麻の作務衣を作ってくれた。袖を通すと、いつも着ている服とは違って布の方から体になじんでくるようで、暑い時には涼しく、肌寒い夕刻には温かく包んでくれる。ひいじい様は山へ行くとまずその作務衣に着替え、枯枝を集めて湯を沸かす。香りの良い茶が入ると、持ってきた柔らかなパンや果物を職人と分け合う。時には職人の代わりに街で布を売り、頼まれた糸の素材や保存用の食品を買ってくる。

穏やかな午後、手を休めた職人とひいじい様は平らな岩の上に並んで腰をおろし、黙って雲の流れを眺めていることもある。聞こえるのは木の葉の間を吹き抜けていく風の音と、時折ピーッと鋭く空気を引き裂く鳥の澄んだ鳴き声だけ。目を閉じると日差しの温かさと樹木の香りが世界のすべてになる。いつまでもこの時が続いてほしいとひいじい様は願った。

初めて職人を訪ねてから三年が過ぎて迎えた十二月。日は短くあたりはもう暗い。ひいじい様が小屋を出て十メートルほど行ってふと振り返ると、東の空に昇った白い満月の光を浴びて、職人の小屋の前に立つ一人の女が見えた。すれ違った覚えはないのにどこから来たのだろう？　しばらく躊躇していたが特に危険なこともなさそうだと思い、職人の邪魔にならないようにひいじい様はそのまま山を下っていった。

「ごめんください」

戸口に立つ女はほっそりと背が高く、気品があり、真っ白な肌は月光そのものの静かな輝きを放っていた。吸いこまれるような深い緑色の瞳が真っ直ぐに職人に向けられた。ネコはなぜか毛を逆立ててフーッと一声威嚇すると小屋の奥へ逃げこんだ。

職人には、いつも無意識に人が着ている物の布地に目をやる習慣があったのだが、不思議なことにこの時だけは、後からどう考えてもこの女が何を身につけていたのか、まったく思い出すことができなかった。ただ女の肌があまりに白く、その周りの闇の深さが際立っていたことだけがいつまでも目に残っていた。

「こんな時間に突然お訪ねして申し訳ありません。でも今日、山の頂《いただき》にやっと雪が積もったものですから。あれを御覧ください」

女の声には心を揺さぶる懐かしい響きがあったが、その底に不安にも似た感覚を掻き立てる旋律が隠れていた。職人が山を見上げると、確かに頂のあたりは真っ白な雪に覆われていた。

「なるほど、やっと少し雪が降りましたか。私がここに住み始めた頃は、まだこのあたりにもうっすらと雪が積もったものでした。あれから七、八年しか経ちませんが、今ではもう積もるどころかまず降ることすらありません。雪は年々山の上へ上へと退いているようです。時間のことはどうぞ気になさらないでください。私は一人で、昼も夜も関係ない勝手気儘な生活をしておりますので」

話しながら職人は自分の口数が多く、話すほどに胸が騒ぐことに驚いていた。一体自分はどうしてしまったのだろう。

「はい。雪がこの世界から消えてしまうのもそれほど先のことではないでしょう。それを思うと急がなければと思い、今日あの初雪を見てすぐにお訪ねしたのです。あの雪の白を一反の布に織っていただきたいのです。その時が来る前に」

「雪の白を布に……。承りました。いつお使いになるのでしょうか？」

「布が織り上がり次第すぐに、です」

女は異国のものなのだろうか、月のような光を放つ見たことのない金貨を一枚取り出すと、古びた作業台の上に音もなく置いた。一瞬何か言いたそうに職人の顔を見たが、そのまま黙って身を翻すと後には黒い闇だけが残された。燦然と輝く金貨がそこになかったら、夢をみていたのではないかと思えるような時間だった。

「あの雪の白」。女ははっきりとそう言った。「雪のような白」ではないことに心が波立った。職人はいま一度、月に照らされた山頂を見上げた。喜びと恐怖が入り混じった興奮に体が震えた。奥から出てきたネコが座って職人の顔を見上げ、気遣わし気にニャーと鳴いた。

夜明けとともに職人は、改めて間近に雪の白を見るため山小屋を出発した。

山頂へ向かう獣道は険しいが、染料になりそうな草木を探して今までに何度も通ったことがある。モミやトウヒの林は二時間も登ると疎らに生える落葉したダケカンバの林に変わる。凍った落ち葉や岩に足を滑らせそうになりながら上がっていくと、予想していたよりもはるかに急速に冷えていく大気の中に異世界を感じる。こんな季節に来るのは初めてだった。息は白く、吐くとそのまま顔の周りで凍っていくようだ。手袋の中の指はしびれてほとんど感覚がない。頂まで行きつけないのではないかと不安になり始めた時、不意に目の前にハイマツと雪原の世界が開けた。

強い風に身をすくめて雪原の端に立つ。一面に広がる新雪の白い輝きが目に痛い。突然、幼い子どものような純粋で荒々しい歓喜に突き動かされて、雪の中へ飛び込んでいった。太陽の光線に縁どられた雪はダイヤモンドだ。風でかしいだハイマツの影の雪は、日光の射し込む角度によって水色に、藍色に、そして紫にと色調を変える。自分の影が落ちた岩の窪みの雪は薄紅や黄緑を封じ込めたオパールの滲んだ白色だ。そして顔をあげると、辺りはすべて輝く白、白、白だ。手袋を脱ぎ捨て、かじかんだ両手に雪をすくって顔を埋めた。この中には一体どれだけの秘密が隠されているのだろうか!

夕方になって山小屋に帰り着いた職人は、初めて古い薪ストーブで火を起こそうとしばらく格闘したあげく諦め、沸かした鍋から立ち昇る湯気と膝の上のネコで体を温めながら夜が更けるまで考え込んでいた。初めからあの戯れるように揺れ動く雪の多彩な表情に翻弄されてしまっては駄目だ。まず基本的な「雪の白」を捉えるのだ。

絶対に先染めでなければならない。何を糸として使うか、その糸をどう処理するか。最初の段階にほとんどすべてが懸っている。可能性のあるものはどんな物でも試すつもりだが、まず、扱い慣れている綿の中で光沢感のある超長綿の一番良いもの、麻の中で一番白いものを手に入れるところから始めよう。そして上質な生糸、羊毛やアルパカやカシミアなどの毛糸の素材、今では使われなくなって市場には出ない素材、また今回は多種多様の化学繊維も試してみなければなるまい。

週末に職人のもとを訪れたひいじい様は、初めて職人が興奮している様子を見て心底驚いた。その上初めて熱い口調であれこれ細かく頼まれるものだから、つられるように気持ちが昂っていった。

ひいじい様は言われた通り、まず職人の昔のつてで取り寄せられる素材をすべて注文した。次に、今はもう使われなくなっているが、かつて生産していた地へ行けば細々とでも作られている可能性のある素材を求めて旅に出た。しかし、どこへ行っても期待は裏切られた。どの素材も気温が上がったためにまったくなくなってしまったか、明らかに質の劣るものが少量作られているだけだったのだ。そこに住む人々は皆貧しく、心は荒んでいた。ひと月の間にひいじい様は北から南へ、東から西へと世界中、遠くまで旅して回ったようだが、あの時代はどんなに遠い国であろうと一日もかからずに行くことができたのだ。

職人は手に入った素材のすべてを前に、強い不安が湧き起こるのを覚えた。地球全体の気温が上がったために、欲しいと思っていたような糸を紡ぎ出せる天然の良質な素材は世から消えてしまっている。この分ではあの女が言ったように雪がなくなるのも遠い先のことではないだろう。果たしてこういう素材から「雪の白」を作れるものだろうか？

真っ白な糸が必要になると考えていたひいじい様は、どうしても聞いてみずにはいられなかった。

「白い染料はないのですか？」

「厳密にはないんだ」

「漂白してはいけないのですか？」

「晒すと確かに純白にはなるが、失われてしまうものがある。しかし今回は工夫しながら晒してみる必要が出てくるだろうね」

「『白』というのは難しいんですね」

「そう。白は光が作り出すものだからね」

「光、ですか。ますます難しい。でも、何か僕にできることがあったらいつでも言ってください」

ひいじい様は後は黙って、職人の邪魔にならないようにそっと小屋を出た。当分の間は仕事の妨げにならないように、あまり頻繁に来ない方が良いのかもしれない。なんとなく寂しい気分で山を下り始めた。珍しく途中までネコがついて来たが、大きな松の木まで来ると座ってそのままひいじい様を見送った。

どう工夫しても「雪の白」を織れるような糸は作り出せない。注意に注意を重ねて漂白した糸も、かつて使いこなしていた蛍光染料を試みた糸も、求めているような白にはならない。化学繊維には天然の繊維より遥かに白いものや透明なものがあるのだが、それらを使って織った布は、雪の心象とはまるで違う。天然繊維と化学繊維の中から選び抜いて組み合わせた糸も、「雪の白」を織り出すことはできない。織り方に視点を移し緯《よこ》糸の一部に透明な糸、薄い青、銀糸などを織り込んだ布も違う。一年が経ち、二年が過ぎても「雪の白」には一歩も近づけない。逆に工夫すればするほど遠ざかっていく気がする。こんな経験は初めてだった。

職人の前には純白の布、一部に、あるいは全体に輝きのある白い布、わずかな影を持った白い布、というようにさまざまな風合いの白い布が積み上げられていった。

そんなある日、昔の仲間が二人、久し振りに職人の様子を見に訪ねてきた。何かに憑かれたような目をして白い布の山に囲まれている職人を見て、二人は顔を見合わせた。

「おい、大丈夫か？」

声をかけても、ろくに振り向きもせず黙ってうなずくだけである。

「たまにはちょっと気分転換に一緒に街に出かけてみないか？」

気持ちをほぐそうと敢えて軽い調子で誘ってみても、職人は顔を背けるだけで答えようともしない。

「今、世の中は大変なんだぞ。いつ世界規模の戦争が起きてもおかしくない。そうなったらここだってどうなるか分からないよ」

少しは現実に目を向けさせようとしても、まったく知らん顔で織り機に向かっている。話の接ぎ穂もなく、しばらく所在なげにしていた二人が諦めて帰ろうとすると、初めて職人が口を開いた。

「おかげでこの通り元気にしている。私は今、大事な仕事をしているんだ。悪いが他の仲間にも伝えてくれないか、邪魔しに来ないでくれと」

昔、皆で苦労して織り機をここに運び上げた時は、これで職人を救えたと思ったが、あれは間違いだったかもしれない。職人は頭がおかしくなってしまったようだ。それにしてもあの偉そうな態度には腹が立つ。帰ったら他の仲間たちにもこの様子を伝えてどうしたものか相談しよう、と話し合いながら二人は山を下り始めた。

大きな松の木まで来て振り返って見ると、山小屋だけが真っ白な濃い霧にすっぽりと包まれ、林の奥から得体のしれない存在の、背筋が凍るような恐ろしい視線が自分たちにじっと向けられているのを感じた。恐ろしさが心配や腹立たしさに取って代わり、二人は一刻も早く山を後にしようと帰路を急いだ。互いに口には出さなかったが、こんな怖い思いで逃げ帰ったことなど仲間に話すわけにはいかない、たとえ頼まれたってもう二度とこんな所には来るものかと思いながら。

日にちは飛ぶように過ぎて行き、注文を受けてからあとひと月で三年になろうとしていた。思い余った職人はとうとう自らの禁を破り、ひいじい様に街で人工知能という装置を使って「雪の白」を織るための糸を調べるように頼んだ。答えはすぐに出た。職人はそれに従って何種類もの化学繊維の糸を使って一反の布を織った。

織り上がった布は、一見「雪の白」と言っても良いような出来だった。が、言葉にし難いなんとも微妙な違和感があった。その違和感は布を見れば見るほど強くなっていき、終には布を見るのも嫌になった。職人自身が工夫して糸を染め織った数々の白い布のどれよりも雪に似ているのだが、どれよりも雪とは違う、という矛盾をもった布がそこにあった。

何が違うのだろう？　職人は床に座りネコを膝にのせて、無意識にその顎の下を撫でながら考え込んでいた。ネコが目を細めて顎を上げ白い喉元を見せた時、職人はハッとした。ネコのこの毛は真っ白に見える。しかし決して均質で完璧な白ではない。毛の一本一本の微妙な違い、一本の毛の根元から先端へと変わっていく色合いの違いが生命の不思議と不確かさ、そしてそれ故にいとおしさを感じさせる。今見ているこの毛の白は、おそらく昨年とは違うのだろう。そして一年、一年、ネコがこの世で過ごす時間とともに少しずつ変わっていくのだろう。自分と同じ時間と空間の中に生きているものの持つこういう白であれば、自然の素材を糸にして布の中にその本質を織り込むことができたかもしれない。

だが、雪の白はどうだったか？　永遠の完璧な白。雪の上に太陽の光と影が作り出す戯れの彩りは表面だけの刹那的な幻に過ぎない。昨年も一年後も、百年後でさえ、雪があるかぎりその白は決して変わることはないだろう。

素手ですくった雪は、一瞬温かさを錯覚させてすぐにその冷たさで手の感覚を完全に奪っていった。手のひらの雪はふわりと軽いように思えたが、すぐ傍らの立木の太い枝をへし折る重さをもっていた。雪はすべての音を吸収して外には完全な沈黙の世界を作り出しながら、その内側は宇宙から届く螺旋状の音楽に満ち満ちていた。そして何より、雪はその輝く白の奥に人を優しく招き入れて永遠に封じ込める底のない闇を隠していたではないか。雪原に立ち、雪に触れ、心のどこかでそれに気づきながら、雪の見せる幻影に魅かれ惑わされて雪の本質を見失っていたのだ。雪はこの世に生きるものとは違った次元の存在なのだ。

人工知能の「雪の白」から受ける違和感は、雪のそのような本質を意識せずに、色の情報と科学的分析のみに基づいて作られたところにあるのだろう。

自らのすべてを懸けて「雪の白」を追い求めてきたが、行き着いたところに待っていたのは自分の、否、人間の技の及ばぬ異次元の領域だった。注文された布には、単に女の身を装うだけではない、より重要な意味がこめられていると感じていた。それに応えられると思うほど、自分は傲慢で愚かだったのだ。職人はただ自分を嗤うしかなかった。

膝の上でくつろいでいたネコが突然飛び起き、走り去った。

かすかな気配に顔をあげると、小屋の入り口に再びあの女が立っていた。三年が過ぎて、東の空にまた満月の昇る夕刻だった。

女は以前よりさらに細く、肌の色は白というよりほとんど透けるようだったが、逆に輝きを増した深い緑の眼にひたと見据えられた時、その奥に潜む妖しい力に立ち上がった職人は思わず一歩後退った。

「三年が経ちました。お願いした布は織り上がりましたか？」

「申し訳ございません。私の力ではどうしても及びません。雪の何たるかも知らぬまま身の程知らずにお受けして、大切な時間を無駄にお待たせしてしまいました。ここにある白い布はどれも、「雪の白」を求めながら到底届かなかった私の無能の証でございます。お詫びしてすむこととは思っておりません。私に贖《あがな》えることでしたら、どんなことでもさせていただきます。とにかくまずこの金貨はお仕舞いくださいませ」

女は一枚一枚微妙な違いをみせる白い布で埋めつくされた部屋に目を遣った。

「この三年の時が無駄であったとは思いません。そして私が求める布を織れるのは、この世界にあなたしかいないのです。時間はまだ残されています」

「身に余るお言葉ではございますが、あの雪の白はこの世の何をもってしても、人の手で作り出せるものではないと私は思い知らされました。たとえどれほどの時間をいただいたとしても」

女は作業台に置かれた金貨を見つめたまま、しばらくじっと考えにふけっているようだった。その周りで黒々とした闇が揺らめいていた。

「私のお願いした一反の布の代わりに、命を失うとしたらどうなさいます？」

その言葉に職人はたじろぐことはなかった。むしろ深い喜びが湧き上がってきた。

今思えば、初めに女が「雪の白」を布にと言った時から、心のどこかでこの時を待っていたのかもしれない。何年もの間、織ることだけを祈りに代えて生きてきたのだ。最後に自分の命を誰にも織り出せない布のために捧げることができるのなら、それほど幸せなことはないではないか。

「雪の白を布に織るためでしたら、命など惜しくはございません」

「一旦織り始めたら、何があっても途中で止めることは絶対にできません。本当にそれで良いのですね」

「間違いございません」

「分かりました。それでは、この金貨をお使いください。この世のものではないものの力を借りて、この世にないものを作ってください。どうしても、何としても必要な布なのです」

女はほっそりした白い指で金貨をとりあげると、職人の手のひらにそっと置き、闇に消えた。

月が高く昇ったが、あの時とは違い山頂の雪は定かには見えない。職人は茫然と金貨を見つめていた。この金貨を使って、どこで何を求めれば良いのだろうか。この世のものではないものを、どうして金貨で手に入れられるというのだろう。

奥から出てきたネコが、戸を開けるよう催促した。尾の先だけをわずかに動かしながら林の中へ音もなく入って行く姿を見送りながら、職人も金貨を手にふらふらと外へ出ていった。夜空には無数の星を従えて銀色の満月が皓皓《こうこう》と輝いている。その光に魅入られたように立ちつくしていた職人はふと信じ難いものを目にした。月の光が戯れるように揺らめきながら手の中の金貨を包み込んでいくのである。少しずつ膨らんでいくその球から一本の白銀の糸を引き出してみると、夢のようにはかなげに見えながら、刺すように冷たく、しんと光ってあたかも職人を待っているかのようだった。

迷いはなかった。紡車を持ち出すと、自分に与えられた運命の糸を紡ぎ始めた。夜通し紡ぎ、やがて東の空が白み、昇っていく太陽の眩しい光の中についに糸が消えてしまうまで、ひと時も休むことなく紡ぎ続けた。糸は冷たく鋭く容赦なく職人の指を切り裂き、真っ赤な血が滴り落ちた。しかし不思議なことに紡いだ月光の糸は流れる血の赤に染まることなく、あくまでも白く輝いていた。それが一晩目だった。

ひいじい様が久しぶりに山小屋を訪ねて行くと、手の先から血を滴らせ、真っ青な顔をした職人がぼんやりと外に佇んでいた。

「一体、どうしたんですか！」

ひいじい様は駆け寄ると何とか職人を小屋の中に座らせ、指の深い切り傷の手当てをし、水を汲んできた。コップの水を一気に飲み干した後しばらく目を閉じうつむいていた職人は、顔を上げるとひいじい様に真剣な眼差しを向けた。

「ありがとう。だが、今日かぎりもう二度とここに来てはいけないよ」

「そんな……。どうしてですか、僕が来るのが邪魔なんですか？　でも僕にはこんなあなたを放っておくことなんかできません。あなたにもしもの事があったら、僕にはもう誰もいなくなってしまう。やっとあなたに巡り会えたのに。信頼しあえていると思っていたのに。二度と来るなだなんて、僕が何をしたっていうんです！　一体何があったんですか！」

ひいじい様の真っ直ぐな言葉にしばらく黙って考え込んでいた職人だったが、ようやく重い口を開いた。

「そう、確かに君だけにはちゃんと話しておくべきだね。初めて会った時から私はずっと君のことを弟のように思ってきた。君と過ごした時間は私にとって人生の思いがけない贈り物のようだった。君に納得してもらえるように今からこれまでの経緯《いきさつ》と今後のことを話そうと思うが、その前に、いいかい、二つのことを約束してほしい。一つは、これから私が話すことは決して誰にも漏らさないこと、そしてもう一つは、この話を聞き終わったらもう二度と私の所に来ないことだ。約束してくれるかい？」

今度はひいじい様が考え込む番だった。しかし、もう前に進むしかないのだ。

「……二度と来ない……分かりました。約束します。話してください」

そこで職人は三年前の満月の夜に女が訪ねてきてから昨夜までのことを、また、これから自分がやり遂げようとしている仕事のことをひいじい様に語ったのだった。信じ難いような話だったが、ひいじい様は微塵も疑うことなく信じた。そして胸は不安でいっぱいになった。

「月の光を紡いで『雪の白』を織るのですね。分かりました。今のお話、決して誰にも漏らしはしません。そしてもう妨げはしませんから、どうか世界であなたにしか織れないその布を織りあげてください。でも無事に織り終えたら、その時はまた一緒に山を歩いたり、流れる雲を眺めたりして過ごすと、それだけは約束してください」

「もちろんだとも。ありがとう。本当にありがとう。どうか、元気でいてくれよ。君の人生はこれからなんだから。これから君は君の人生に何が起ころうと、しっかりそれに応えていかなければいけないんだから」

二人は固く抱擁を交わし、ひいじい様は一人悄然と山小屋を後にした。職人の言葉は別れの言葉としか思えなかった。もう二度と会うことはできないのだ。あの人が命に代えて月光の糸で織るという雪の布には、きっと人知を超えた力が宿るだろう。その力は何に使われようとしているのだろうか……。ひいじい様は、暑い混沌の街へと山を下って行った。激しい胸騒ぎに圧倒され、どうしようもない無力感に打ちひしがれそうだった。

ひいじい様は、職人から聞いたことを誰にも話さないという一つめの約束は完全に守った。しかし、二つめの約束に関しては、確かにもう山小屋へは行かなかったものの、職人のことが気掛かりでならず、毎晩暗闇のなか山を登り、すぐそばの林の陰から様子を見守り続けずにはいられなかった。

職人は毎夕東の空に月を待ち、金貨を包みこんでいく月光の球の中から一筋の糸を引き出してひたすら紡ぎ続けた。太陽が昇り沈むまでの間と新月の夜は機織りの下準備の時間だった。

月が欠け、月が満ち、月が欠け、月が満ち、二度目の満月が西に沈んだ時、職人は織り機の前に座り整経の作業に入った。月の光を紡いだ糸は、並ぶ経糸《たて》だけでもすでに「雪の白」の輝きを放っている。職人は緯糸《よこ》も月光の糸を通すつもりでいた。

ところが、緯入《よこいれ》の準備を始めたその時、凍えるように冷たい白い風が遠い北の果てから山を越えてヒューヒューと吹き降りてくると、経糸《たて》一本一本の間を直角に吹き抜け、また吹き抜けして雪の布を織り始めたのである。職人は織り機の前に座ったきり何か見えない力に縛られたように指一本動かすことができなくなった。ただ、目だけは一瞬も逃すまいと風の動きを追い続けた。

北風は昼も夜も止むことなく吹き続けた。ひたすら冷気だけを運んでくることもあれば、遠くや近くの草木の香りを運んでくることもあった。昼には昼の、夜には夜の鳥の歌声や獣たちの孤独な、あるいは仲間を呼び合う声を乗せてくることもあった。夜になって流れ星が飛ぶとその光の尾の一筋が、戯れるように糸の間を飛び回った。

一反の「雪の白」の布は三日で織り上がった。月光のプリズム、北風の刺すような冷気の針、シダの葉の香りが作る繊細な模様、昼と夜の生き物たちの奏でる鼓状の音楽、そして流れ星がちりばめた星形の光――それらはすべて、まさに雪の結晶そのものだった。

月光の糸を手にしてふた月、職人は寝食を忘れて紡ぎ続けた。血と汗にまみれ骨と皮ばかりに痩せ衰えた体は、凍える北風の中に座り続けた最後の三日間で完全に限界を超えた。命に代えて雪の布を織るという固い決意と、織り、祈り続ける中で愛するものたちから与えられた力が彼をここまで持ち堪えさせたのだった。使命を終え、彼の命は今や燃え尽きようとしていた。

もうほとんど目も見えず耳も聞こえない朦朧とした意識の中で、職人は女が傍らに立った気配をぼんやりと感じた。ネコは全身の毛を逆立て、両耳を後ろに絞って高く低く唸り続けていたが、彼から離れようとはしなかった。

職人は途切れ途切れに、届くか届かないかの声を振り絞った。

「私……ではなく、……月や、……風や、……野に棲むものたちが、……織って……くれました」

女の声は子守唄のようにひたすら優しく職人の耳に届いた。

「いいえ、あなたが織ったのです。命に代えて。月光も北風も草木も生き物たちの奏でる音楽も、そして流れ星も、あなたの魂がなければこの布を織ることはできなかったのです。今、時間は尽きようとしています。あなたのおかげでその前に布を手にすることができました」

薄れゆく意識の中でおぼろに聞いた女の言葉に微笑みを浮かべ、職人は一度深く息を吸い、そして吐くとそのまま醒めることのない眠りに落ちていった。

この夜も職人を心配して林の陰から様子を見ていたひいじい様は、職人に駆け寄ろうとしたが金縛りにあったように体が動かず、叫ぼうとしても声が出なかった。

女の体は闇の中に溶け入るように薄れつつあったが、深い緑色の眼だけは爛爛と輝いていた。織物を手に月光の下、その端を持ってサッと一振りすると、布は最初白く光る川のように地に流れようとしたが、すぐさま風に吹き上げられ、翻り、白銀の龍となって今にも消えゆこうとしている女の周りを旋回した。龍の描く輪の中で女の体だったものは初めはぼんやりと、やがてはっきりと硬質な雪の白の羽毛に覆われていき、左右に腕を広げるとそれはもはや巨大な翼だった。翼は鉄のように鈍く光り、雷鳴のような音とともにどこまでもどこまでも広がって行き、光という光を消し去り、暗闇の中にゴーゴーと風を巻き起こした。

「雪鳥！」――その名が一瞬、閃光のようにひいじい様の頭を貫いた。

山小屋の屋根が吹き飛び、職人の織った何十もの白い布が舞い上がり、ひいじい様の上に、さらに山の急斜面に衣のように広がりながら落ちていった。

崩れ落ちようとする山小屋の中から必死に走り出してきたネコが腕の中に飛び込んだのをしっかり抱きしめて、ひいじい様は気を失った。

ここからは、生き残ったわずかな人々の切れ切れの記憶を集めた話だ。

山の中腹から垂直に天高く舞い上がった雪鳥は、その凄まじい羽ばたきで北の極からビュービューと氷の混ざった強い寒風を呼び寄せた。同時に「クワーッ」と身も凍るような鳴声をあげると、何千、何万とも思える雪鳥がそれに応えて天の彼方から地球めがけて、まさに突き刺さる矢のように飛んできた。その様子は、降りそそぐ無数の大隕石のようにも見えた。

雪鳥の群は、大気圏に突入する前にその鋼鉄のような翼を打ち振ったために、人間が宇宙に打ち上げていた一万をも超える衛星が全部、あっという間に粉々に破壊され、あらゆる事象に対して張り巡らされていた情報網が一瞬にして失われた。これが、あれほど速く人類が滅亡に追いやられた大きな原因だったと考えられる。

雪鳥の一群が海上を羽ばたいて飛ぶと、地球上のすべての海から濛濛《もうもう》と白い水蒸気が立ち昇った。立ち込めた水蒸気は、地表を覆っていた熱い空気とともに、北から吹き降りてきた氷の寒風との間に激しい対流を起こし、積乱雲の雪雲がモクモクと立ち上った。この雪雲は雪烏の羽ばたきで　海上から陸上へ飛ばされ、山脈という山脈にぶつかっては上昇気流に乗り、凄まじい勢いで発達しながら山にも平地にもあらゆる所に激しく大雪を降らせていった。

何千、何万もの雪烏の翼が太陽の光を完全に遮り、厚い雪雲が地球を包んでいたから、気温はみるみる下がり、氷点下の世界で雪は硬く凍りつき、その上からまたさらに雪が積もっていった。昼も夜も分からない真っ暗闇の中で雪烏の耳を劈《つんざ》く鳴声と轟轟《ごうごう》たる翼の音だけが聞こえ、地上では人間も、人間の誇った科学文明もすべて雪の下に深く埋もれて凍り、圧し潰され消滅した。海面が下がって大地が持ち上がり、いくつもの島が現れ、大陸とつながったところもあるという。

雪烏の群れが去り、ようやくうっすらと太陽が見えるようになるまでに、どれほどの時間が、あるいは日数が経ったのか知る者は一人もいない。ただ、光の中に浮かび上がったのは、すべてが終わった世界だった。暑く、汚れ、疲れ切っていた地球は、雪と氷に包まれて静かに浄められ、癒されていた。

この付近で生き残った人間は、雪鳥の群れが現れた時に暗闇のなか、たまたまあの山へ逃げ込み、斜面に散った職人の白い布の一枚をまとって凍える寒さから身を守られたわずかな数の者だけだった。傾斜が緩やかで人が多く住んでいた山の向こう側は駄目だったようだが、急峻で開発する意味もないと打ち捨てられ、あの職人しか住んでいなかったこちら側は、まるでそこだけが何かに守られているように風も雪も穏やかだったという。

そしてあの布が織られた時に、香りや音楽になって緯糸《よこ》をとおしていった草木や鳥や獣たちは、近くのものも遠くのものも皆生き長らえたのだ。遠いよその国で、ここと同じように生き残った人間がいるのかどうか私は知らない。

百万年先までは起こらないと言われていた氷河期への変化を、これほど早くしかも突然もたらした雪鳥は、自らの意志というより、何らかの力、あるいは宇宙の掟とでもいうべきものに動かされて地球に来たように思えるのだ。しかし、あの女の姿になって現れ、職人に命を懸けて布を織らせた雪鳥の意思は何だったのだろうか。その行動が、単に破壊への序章でしかなかったとは思えない。とはいえ、その真の意味を解き明かすことはわれわれには到底できないだろう。

長《おさ》の話はそこで終わった。私も、おそらく他の者達も、もっと詳しく聞きたいことやよく分からないことがたくさんあったのだが、今は話の重みにただしんと静まりかえるばかりだった。

気づくと月は真上にあり、悠久の時のなか変わることなく銀の光を降り注いでいた。

かつて、ひとりの女のためにあの月の光を糸に紡いだ織物職人がいた。ひとりの女、一羽の雪烏のために。

それがすべてを変えたのだ。そして、私たちにこの静かな白い世界を残して雪烏の群れは去っていった。おそらくあの雪烏も。

［雪烏《ゆきがらす》］宇宙の果てから大群をなして飛来する巨大な白い鳥に似た姿をもつ生命体。その双眸《そうぼう》は輝く深い緑色で魔力を秘め、純白の体から伸びる銀色の翼の力は、あらゆるものを打ち砕き、雪と氷の下に封じ込め消滅させると言われている。

著者プロフィール

宮川 千里（みやかわ ちさと）

昭和24年 1 月 1 日生まれ。
昭和48年順天堂大学卒業。
昭和48年より令和 3 年まで精神科医として活躍、
精神医学関連翻訳書多数。
令和 5 年 6 月没。

雪鳥《ゆきがらす》の伝説

2024年 2 月15日　初版第 1 刷発行

著　者　宮川 千里
発行者　瓜谷 綱延
発行所　株式会社文芸社
〒160-0022　東京都新宿区新宿1－10－1
電話　03-5369-3060（代表）
03-5369-2299（販売）

印刷所　株式会社フクイン

ISBN978-4-286-24918-6